新 潮 文 庫

ため息の時間

唯川 恵著

目次

ため息の時間

口紅

「口紅が欲しい」

と、妻が言ったので驚いた。

まさかそんなものを欲しいと言うとは思ってもいなかった。

「そうか、わかった」

戸惑いながら、原田は答えた。

「いいの？　買ってくれるの」

「ああ」

「嬉《うれ》しい」

妻の顔がほころんでいる。

「それで、どんな色のがいいんだ」

「明るいのがいいわ。そうね、あの石榴《ざくろ》の花みたいな色」

原田は妻の視線に促されるように窓の外に目をやった。

手入れの行き届いた庭には、さまざまな植物が植えられている。その中にすっくりと石榴の木が一本立っていて、つやつやと光る葉の間から、緋色《ひいろ》の小花が真夏の太陽に灼《や》かれるように覗《のぞ》いていた。

「わかった、今度、買ってこよう」

「ええ」

「じゃあ、帰るよ。また来る」

リクライニングされたベッドから、妻がこちらに顔を向けて、精一杯の笑みを浮かべている。

妻の頰には以前のような膨らみはない。布団《ふとん》の上に出ている腕も驚くほど細くなってしまった。肌には生気がなく、片方に寄せてゆわえた髪もすっかり艶《つや》を失った。妻はまるで少しずつ透明になってゆくように頼りなかった。

原田は病室を出た。廊下は広く清潔だ。照明も明るく、窓も広くとってあり、今は午後の日差しが溢《あふ》れるように差し込んでいる。すれ違う看護師たちは誰もが聖職者のように穏やかな表情をし、庭やロビーに集う病人たちは長い旅を終えた詩人のように満ち足りた笑みを浮かべていた。ここでは時間が瀞《とろ》に入ったようにゆったりと進む。

歩きながら原田はつい俯《うつむ》きがちになった。ここが苦手だった。ここに来ると、自分がひどく汚れているような気になった。金や欲やセックスを羞《はず》かしげもなく晒《さら》して、吐き出す息は獣のような匂《にお》いをさせている、そんな自分に思えてしまう。

足早に玄関を出て、駐車場に向かった。日光に灼けて車の中はひどく暑かったが、乗り込むとホッとした。すぐにエンジンをかけ、窓を全開にして、エアコンのスイッチを強に合わせた。振り向くと、どこか輪郭の曖昧《あいまい》な風景の中で、緋色の石榴の花だけがひどく鮮やかに目に映った。

化粧した妻を、ほとんど見たことがない。

それは原田が化粧をさせなかったからだ。化粧が嫌いだった。化粧をした女が嫌いなのではなく、妻が化粧をするのが嫌いだった。

今から二十年ほど前、見合いの席に、薄く化粧をしてきた妻に、原田はこう言った。

「今度会う時は、素顔で来てくれないか」

その言葉通り、妻は素顔で現われた。二十三歳だった妻の肌は、若さでふっくらと潤《うるお》っていた。色素の薄い唇も悪くなかった。何より、化粧をしないで欲しい、という希望をそのまま素直に聞き入れてくれたことが決め手となった。それから半年後に結婚した。原田が二十九歳の時だ。

結婚するなら見合いだと最初から決めていた。遊ぶ女と結婚する女はまったく切り離して考えていた。結婚は生活だ。その中に甘っちょろい感傷など持ち込むつもりはさらさらなかった。恋愛めいた関係を持つ女も何人かいたが、恋しい、と思う気持ちが消えた後の、あのとてつもなく鬱陶《うっとう》しい感覚を繰り返すくらいなら、最初からそんなものを感じない相手の方がよかった。女と妻はもともと種類の違う生き物だ。女に妻を求めないと同様、妻に女を求めるつもりもない。男と女の多くがそれを間違えて、人生を面倒なものにしている。

美しい妻など一度も望んだことはなかった。滞りなく家事をこなし、子供を産み育て、少しボケの始まった舅《しゅうと》の世話をし、近所付き合いを適当にやり過ごして、不満や愚痴を洩《も》らさず、夫のやることにとやかく口出ししない、そんな妻であってくれればいい。そして妻はその通りの女だった。

「それで、その口紅を私に買ってこさせるつもりなの?」

孝子《たかこ》が呆《あき》れたように言った。

「そう言わずに頼まれてくれ。口紅なんて買ったことがないんだ」

取引先のOLである孝子と、関係を持つようになって二年たった。互いに面倒な話を持ち出さない、いわば割り切った付き合いだ。来年三十歳になる彼女は、大柄で闊《かつ》達《たつ》で物怖《ものお》じしない。セックスも楽しむことをよく知っている。

　孝子はベッドから腕を伸ばし、ミネラルウォーターのボトルを摑《つか》んで、口に運んだ。

「あなたの神経、わからないわ」

「そうかな」

「病気の妻から頼まれたものを、付き合っている女に買ってこさせたりする？　娘に言えばいいじゃない」

「お父さんが頼まれたものは、お父さんが買わなきゃ意味がない、そう言われた」

「そりゃそうだわ」

「頼めるのか」

「まあ、買ってきてあげるけど」

　孝子が再び水を飲む。枕元《まくらもと》のライトに反らせた顎《あご》から首のラインが浮かび、小さな喉仏《のどぼとけ》が健康的に上下するのが見える。アイラインが滲《にじ》んで、目の下がわずかに黒く染まっている。けれども、原田は少しも気にならない。孝子は化粧がよく似合う。

「けど、何だ」

「もし私があなたの奥さんだったら、きっと、とっくに家を出てるだろうなって思ったの」

　いくらか揶揄《やゆ》するように孝子が言った。

　君を妻にする気など毛頭ない、と返そうとしたが、もちろん言葉にはしなかった。女は時折こうして自分の存在を主張する。そんなやり方を押し通そうとするから、寝る相手はいても、結婚しようという男は現われないのだ。すべての女が結婚を望んでいるとは思わないが、望まないことを武器にするほど女は強くないと原田は思っている。

「それで、どんな色がいいの？」

「明るい色がいいそうだ、石榴の花のような」

「ふうん」

　孝子が顔を上げ、どこか同情するような目を向けた。何だ、と尋ねたが、彼女はゆっくりと首を横に振り、口元に小さな笑みを浮かべただけだった。

　妻が化粧をしたのを見たことがある。
　五、六年くらい前だったか。大した化粧ではない。白粉《おしろい》をはたき、眉《まゆ》を整え、薄く口紅を引いたくらいだ。しかし、原田はひどく不快だった。その日は、原田の学生時代の友人たちが集まる日だった。

ここ十年来、年に一度、盆の前後に昔の仲間が集まって、自宅で同窓会めいたことをやるのが習わしのようになっていた。男ばかり五人の気楽な集まりだ。

時の流れと共に、それぞれの人生がわかりやすい形になっていた。その中で、自分がいちばんの出世頭だと、原田は密《ひそ》かに自負していた。世間に名の通った家電メーカーで部長というポストを与えられ、赤字決算だリストラだと嘆く中、安定した業績を上げている。重役の椅子《いす》もそう遠いことではないだろう。

証券会社に勤め、かつてあんなに鼻息の荒かった近藤は、子会社に出向させられて今ではすっかり以前の威勢のよさをなくしてしまった。自営業の林は、財布を妻に牛耳られていて、日頃の飲み代もいちいち頭を下げないと貰《もら》えないという。都市銀行に勤める本木は、結局、支店長代理どまりだ。最悪なのはサラリーマンを辞めて陶芸家になった笹倉《ささくら》で、作品はまったく売れず、妻子に見切られ、食うのもやっとらしい。

そんな仲間たちに酒と料理を振る舞うのは、原田にとってこの上なく心地いいことだった。学生時代から、どこかリーダー的な立場だった自分が、誰の期待も裏切らずにここまできたことに、原田自身が満足できる瞬間なのである。

その何度目かの集まりの時、妻が化粧をした。誰かがそのことをからかった。妻が唇に手を当てて、いくらか声を上げて笑った。嬉しそうだった。少なくとも原田にはそう見えた。台所に下がった妻を、すぐに追い掛けた。

「みっともない真似《まね》をするな」

妻は一瞬、ぽかんとして原田を見つめ返した。

「化粧なんかして、はしゃいだりするな。俺に恥をかかす気か」

妻の表情が堅くなった。原田は背を向けて座敷に戻った。次に現われた時、妻はいつも通りの素顔に戻っていた。

半年前、集団検診に行った妻から「私、手術をしなくちゃいけないんですって」と、聞かされた。検診に行ったことさえ原田は知らなかった。

「どういうことだ？」

聞き返すと、妻は首をすくめて「私もよくわからないの」と答えた。

「先生が、とにかくご主人と一緒に来てくださいって。あなた、明日の午後、時間とれるかしら」

夜は抜けられない接待があるが、午後なら何とかやりくりはつく。病院の場所と時間を聞いて頭に入れた。面倒なことになったな、と考えていた。

妻が寝込むとどういうわけか腹が立った。もちろん妻も人間なのだから、風邪もひけば体調が思わしくない時もあるだろう。それがわかっていても、布団に潜り込んでいたり、熱っぽい顔をしていると、苛々《いらいら》して邪険な態度にでてしまう。そんな時は、特に予定がなくても、遅くまで帰らないようにした。

以前、そんな話を孝子にした時、呆れられてしまった。

「じゃあ、寝込んでる奥さんの食事はどうなるの。子供の世話とか」

「何とかなるだろ。実際、何とかなってきた」

「自分勝手もいいとこだわ。妻は母親じゃないのよ」

「もちろんだ、母親が寝込んだ姿なんて見たことがない」

不意に母親の顔が思い浮かんだ。小さい頃、風邪をひくのが楽しみだった。その時だけ、母親の手からスプーンで直《じか》に甘い桃の缶詰を食べさせてもらえる。とろりと粘気のある汁が口の周りについてべたべたするのも悪くなかった。桃の缶詰なんて、今じゃ食べたいとも思わない。食べたとしても、たぶん、あの時とはまったく違った味がするだろう。

「あなたの世代までね、そういうことを平気で言えるのは。だいたいそういう男に限って、自分がちょっとでも熱を出したら大騒ぎするんだから」

その時は、どうして孝子まで妻の味方をするのかわからなかった。健康である、というのも妻として大事な役目ではないか。夫のいない昼間、ゆっくり寝ていられるのだから、その間に治すべきだ。とにかく、夫である自分が家にいる間は、寝込むことは許さない。

しかし、寝込むどころか、こうして妻が入院をしてしまうと、まるで今までのしっぺ返しをくらったように不便極まりなかった。家のことは妻に代わって大学生になった娘がやっているが、手抜きだらけで、料理は下手だし、朝になってワイシャツの替えがなかったり、何日も同じシーツで寝かされたりした。そのことを叱《しか》ると、娘の答えは簡単だった。

「だったら自分でやれば」

娘は世界中の女の中でいちばん冷たい。

あの時、妻の病状について、医師は淡々と説明した。丁寧だが、どこかまどろっこしい言い方をする医師に、結論を早く言ってくれと苛ついた。とにかく入院と手術が決まり、その手続きをするために妻が事務局に向かうと、残った原田に医師は表情を堅くして言った。

「最悪の場合も考えておいてください」

そうか、と思った。そんなに悪いのか。

ショックはあった。不意打ちをくらったような驚きだった。しかし、どこか他人《ひと》ごとのような、現実感が伴わないような、思考だけが浮遊している感じだった。

そうか、そういうことか。

頭の中で、同じ言葉がぐるぐる回っていた。


陶芸家になった笹倉から個展の案内状が届いたのは、鬱陶しい雨の日だった。湿気が閉じこめられた電車の中で、背広からウール特有の匂いが放たれてうんざりだった。ハガキにはある工芸展で賞を取ったと書いてあり、その記念の個展とのことだった。

あいつも、これで少しは名が売れるようになればいいんだが。

と、ハガキを見ながらぼんやり考えた。

妻子に見切られ、食うにも困るような生活を続ける笹倉に、原田は時折、金を貸してやった。妻もさすがに気になったらしく、貰い物の酒やハムを回していたようだった。膝《ひざ》の抜けたデニムのズボンに、衿《えり》が伸びたポロシャツ。それと、毎回同じ紺色のセーター。服をやったことも一度や二度じゃない。何カ月も散髪してない頭。健康保険や年金はいったいどうなってるのか。本人は気にならないらしいが、これがじき五十歳になろうという男の生活かと、何度か意見をしたこともある。しかし、笹倉はいつも頭をかきながら、飄々《ひょうひょう》と笑っているだけだった。

すぐに自営業の林から連絡が入り、せっかくだからオープニングパーティとやらに顔を出して祝ってやらないか、との誘いがあった。断る理由はない。原田も出席を約束した。

行ってみると、会場となる画廊が結構大きかったので驚いた。今日が初日だというのに、並べてある茶碗《ちゃわん》や花瓶にもぽつぽつと赤い札が貼《は》られている。

画廊には、笹倉の仕事仲間というのか、関係者というのか、知らない顔もたくさんあった。いつも薄汚れた格好をしている笹倉だったが、今日は髭《ひげ》も剃《そ》り、こざっぱりとした白いシャツに濃紺のズボンをはいている。

隅の方で仲間たちと飲んでいると、すぐに笹倉がやって来た。

「悪いな、みんなわざわざ来てくれて」

「おまえの晴れ舞台じゃないか。来なくてどうする」

原田が言う。こういう時、最初に発言するのが自分の役割のように思っている。

「何だか、今日は陶芸家らしく見えるな」

林のからかうような言葉に、笹倉がちょっと照れている。他愛無いやりとりをしながら、しばらく雑談をしていると、若い女が呼びにきた。

「先生、お願いします」

笹倉は頷《うなず》き、こちらに顔を向けた。

「ちょっと行ってくる」

「おうおう、行って来い。俺たちなんかに構うことはないから」

離れてゆく笹倉の後ろ姿を見ながら、近藤が小さくため息をついた。

「聞いたか、先生だってさ」

それに同調するように誰もが頷く。実際、笹倉はいつもみなで集まる時と違って、自信に溢《あふ》れているように見えた。

「あいつも色々と大変だったが、これからってわけだ。羨《うらや》ましいよ。考えてみれば、この年になって、これからなんて言葉はなかなか使えないからな」

本木の言葉を聞きながら、原田はどことなくおさまりの悪い気持ちを奥歯で嚙《か》みしめていた。自分の馴染《なじ》んだ席に知らない誰かが座っている、そんな感じだった。笹倉は頭を下げたり、下げられたり、親しく肩を叩《たた》かれたり、写真を撮られたりしていた。そんな笹倉を見るのも初めてだった。

原田は時計を見た。そろそろ八時になろうとしている。

「悪いが、先に失礼させてもらうよ」

「何だ、これから飲みに出るんじゃないのか」

「明日、早いんだ」

「相変わらず飛び回っているんだな」

「まあな」

本木の目にちらりと羨望《せんぼう》が混ざる。悪くない目だ。

「そうだ、今度、いつあの集まりをやる？」

言ったのは近藤だ。

「ああ、あれなんだが、実はここんとこ忙しくて予定が立たないんだ。また、改めて連絡するよ」

「そうか。奥さんによろしく」

妻のことは話したくなかった。同情をかうような真似はしたくない。親しい仲間だからこそ尚更《なおさら》だった。

こっそりと抜け出したつもりだったが、画廊を出たところで、笹倉が追い掛けてきた。

「帰るんだって？」

「後はみんなと適当にやってくれ」

「忙しいのに、すまなかったな」

原田は改めて笹倉と向き合った。

「これからだな、おまえの人生は」

「だといいが」

「けど、調子に乗るなよ。足を引っ張ろうとする奴《やつ》はどこの世界にもいる」

「ああ」

笹倉はいつものように飄々と笑ってみせた。欲のない目をしていた。おまえはいつもそんなことを考えているんだな、と、まるで非難されているような気がして、じゃ、と原田は足早にその場から離れた。

ついこの間まで食うにも食えなかった奴が何をエラそうにしている。金を貸したのは誰だ、食い物を差し入れてやったのは誰だ。

と、思い、すぐ、そんなことを思った自分に唇を噛んだ。舌の付根に苦いものが広がってゆく。いやなことを考えた。見上げると、重量感のある雲の隙間《すきま》から、朽ち葉色の月が覗《のぞ》いていた。

孝子から連絡があった。口紅を渡したいと言う。マンションに取りに行くと言うと、外で会いたいとの答えがあった。

何度かふたりで行ったことがある神楽坂《かぐらざか》の割烹《かっぽう》で待ち合わせることにした。

孝子は先に来ていた。原田が席につくと、すぐに口紅を差し出した。

「中、見る？」

と、尋ねられたが「いいや」と首を振った。小さな箱にリボンがかけられている。一瞬、まずいな、と思った。内ポケットにしまいながら、後でこれははずしておこうと考えていた。

「面倒なこと頼んでしまった」

「気にしないで。お化粧品を選ぶって楽しいわ。たとえ他人のでもね」

孝子は目の前に出される料理を次々と平らげていく。マニキュアの塗られた指で、口紅の塗られた口に、癖のあるホヤの酢の物やら、油をしっかりと吸い込んだ天麩羅《てんぷら》やら、霜の降った生の肉が見事に消えてゆくのを見ると、健康とはこういうことだと見せ付けられているような気になった。

「奥さんの具合はどう？」

「相変わらずだ」

「そう」

孝子は深く話を追わない。そういうところが気に入っているひとつでもある。話を深追いする女は、たいてい口が軽い。

あの時、妻は術後の経過もよく、みるみる体力を取り戻して、ひと月後には退院した。しかし、それもしばらくのことだった。じきに起き上がれなくなり、食欲が失われ、発熱が続くようになった。その様子があまりに医者の言う通りだったので、手品でも見ているような気分になった。

原田は料理はほとんど口にせず、冷酒をゆっくりと飲んでいる。旨《うま》いと感じる食べ物が少しずつ減ってゆくのに反して、酒の味が沁《し》みるようになった。酒を飲む時、肴《さかな》はほんの少し、それも淡泊なものがいい。白身の刺身や山菜の煮浸し。若い時はただの酒飲みだったが、今は酒好きになった。

「今さら、口紅なんかどうするつもりだろう。もう、外に出られるわけじゃないのに」

何気なく口にすると、孝子が箸《はし》を止めた。

「あなたって、奥さんを妻以外の目で見たことがないでしょう」

「妻を、妻以外にどう見るんだ」

「女に決まってるじゃない」

原田はうんざりしたように答えた。

「やめてくれ。女は灰になるまでってやつか。そういうのを聞くとゾッとする」

「どうして？」

「女でいたいなら、妻や母親になどなろうとしないことだ。一生、女としてだけで生きればいい」

「勝手なものね、自分も結婚して、夫でも父親でもあるくせに」

「男と女は違う」

「どこが」

「根本的に違う。体の造りも、精神構造も」

「呆《あき》れるわ」

「じゃあ聞くが、妻や母親でいるより、女でいることがそんなに幸せか。女が不幸になるのは、結局、その女の部分がいちばんの原因になるんじゃないのか」

「たとえ不幸だとしても、女でなくなるよりマシだわ」

「なんてこった」

原田は冷酒を手酌で注ぎ足した。銚子《ちょうし》に氷が入る凹《へこ》みがついているので、いつまでも温《ぬる》むことはない。

「あなたは女の気持ちが全然わかってないわ。これが三十の男なら可愛《かわい》げもあるけど、あなたの年代でそれじゃ絶望的ね」

「じゃあ、女はどうなんだ」

いくらかムッとして原田は言った。

「女は男の気持ちがわかるのか」

「わからないわ。でもそれは、わからないんじゃないの、わざとわからないようにしてあげているの」

「何だ、それは」

「男の気持ちがわかるって、女に言われたら、あなた嬉《うれ》しい？」

「嬉しかないさ。だいいち、わかるはずがない」

「ね、そういう結論になるでしょう。だから、わざとわからないようにしてあげているのよ」

孝子の答えに、原田は思わず笑っていた。いったいそんな理屈はどこから生まれてくるんだ。それで男がわかったつもりでいるのか。まったく女の思い込みほど手に負えないものはない。

「それはそうと、会社、大変みたいね」

原田のグラスを持つ手が止まった。

「さすがに情報が早いな」

「大事な取引先だもの」

孝子の表情は淡々としている。

先日、今後二年の間に、役員の数を現在の三分の二に減らすとの内々の通達があった。後釜《あとがま》を約束していた取締役がその対象にあることを知って驚いた。君に任すつもりでいる、という言葉のために、どれほどの時間と労働を提供してきたか。それがすべてフイになるのか。

「私たち、もう二年ね」

唐突に、孝子が言った。

「そうだな」

「長かったような気もするし、短かったような気もするわ」

原田は再びグラスに冷酒を注いだ。

「別れ話か」

「ええ」

あっさりとした答えが返ってきたので、むしろ気が楽になった。長々と言い訳でもされたらたまらない。まったく女は見切るのが早い。早くて、見事なほどに的確だ。その後は、どうということはない話をした。口から出た瞬間、すぐに忘れてしまうような話だ。

「じゃあ元気で」

「あなたも」

店を出て、どうということなく別れた。言葉にしたことはないが、初めからそういう約束で成り立つ関係だ。それで終わりだった。


妻は口紅を受け取ると、嬉しそうにスティックの蓋《ふた》を取った。

「きれいな色ね」

そう言って、いつまでも飽きずに眺めている。原田は窓際《まどぎわ》の椅子《いす》に腰を下ろした。ブラインドの隙間から、日差しがパウダーのようにさらさらと零《こぼ》れ落ちている。ここでは、なぜか光がいつも柔らかく感じられる。

「本当に買ってきてくれるとは思わなかったわ」

「つけないのか」

尋ねると、妻はゆっくりと首を振った。

「いいの」

「じゃあ、何のために買ってきたんだ」

妻が目を伏せる。

「いや、別に文句を言ってるんじゃないんだ」

妻はいくらか困ったように顔を向けた。

「だってあなた、私がお化粧するの、嫌いでしょう」

「別に嫌いというわけじゃないが……」

「一度、とても叱《しか》られたわ」

あの時のことを言っているのだと、すぐにわかった。

「覚えてない？」

「ないな」

「そう」

妻は口紅に蓋をして、サイドテーブルの上に置いた。

「俺は確かに化粧が好きじゃない。そのことを、無理におまえに押しつけていたって言うわけか」

「ううん、そんなことはないわ。それは結婚する時の約束だったもの。でもね、正直言うと時々はお化粧もしたかったわ。だんだん年もとってゆくでしょう。肌もくすむしシワも出るし、素顔を晒《さら》すのが恥ずかしくてね。やっぱり私も女だもの」

女か、と思った。妻もやはり女なのか。妻になっても、母になっても、女であり続けたいと望んでいるのか。それが女というものなのか。

「だったら、僕の言うことなんか気にせず好きにすればよかったんだ」

「そうね。もし、あなたのお母さんのことを聞いていなかったら、そうしていたかもしれない」

不意に母のことを持ち出されて、原田は言葉に詰まった。

「ねえ、あなた」

「ああ」

「少しだけ、言わせて」

「何だ」

淡々と言ったつもりだが、何を言われるのか、胸はざわついていた。

「結婚して二十年になるわ。その間、あなたはいつも仕事に夢中で、家のことなんかおかまいなしだった。もちろんそれが家族のためであることはわかってるの。お金に不自由したことなんて一度もないもの。そのこと、本当にありがたいと思ってるのよ」

妻はそこで言葉をとぎらせた。あまり息が続かず、長く話す時はこうして何度か呼吸を整えなくてはならなかった。

「でもね、あなたを思い浮べようとすると、頭に浮かぶのは後ろ姿ばかり。私に向いているあなたの顔が思い出せないのよ」

「そんなことは……」

と、言い掛けたが次の言葉が出なかった。否定の言葉を探しあぐねた。

「仕事が大変だったことはわかってるの」

妻の声が少し掠《かす》れている。

「わかってるんだけど……こんなこと今更言うのはちょっと恥ずかしいけど……時には私を見て欲しかった」

原田は立ち上がって、ブラインドの羽に指を差し込んだ。

「いつだってどんな時だって、女は誰かに見つめられていたい生きものなのよ」

外には空と緑が広がり、秋を思わせる白い風が流れていた。ふと、ここがどこなのかわからなくなった。なぜ、自分はこんなところにいるのだろう。なぜ、妻はベッドに横たわっているのだろう。

「俺と結婚したことを後悔してるのか」

「そうじゃないわ」

「だったら」

「ただ」

「ただ？」

「ただ、淋《さび》しかっただけ」

石榴《ざくろ》の花がいっそう色を深めたようだ。石榴には実のなるものとならないものがある。秋が深まった時、あの石榴は実をつけるだろうか。


母が鏡台に向かって、熱心に化粧をしている姿を何度か見た。

化粧した母は美しかったが、それは母の顔ではなかった。母の身に何か悪いことが起きそうな気がして、声をかけようとするのだが、その背には近寄るのが憚《はばか》られる気配があった。鏡台の前に座る時間が長くなってゆくたび、母が少しずつ自分から離れてゆくことを感じた。化粧をする母が嫌いだった。怖かったのだ。

母はやがて男と逃げた。

原田が十一歳の時だ。

二度目の入院先を決める時、ホスピスに入りたいと言ったのは妻の方だった。その言葉で、妻は自分がすでにどういう状況にあるか知っている、ということを悟った。延命のための処置はしない、というのが妻の望みであり、原田にできることは、それを叶《かな》えてやることだけだった。

原田が見る限り、妻は完璧《かんぺき》なほどにその時を受け入れていた。

恐怖に錯乱して正体を失うこともなく、恨み言や弱音を吐くこともない。妻はいったいそれを身体《からだ》のどこに呑《の》み込んでしまったのだろう、と不思議に思えるほど落ち着いていた。

しかし、妻のその穏やかさを正面から受けとめることができず、原田はつい素っ気ない受け答えをした。こちらに向ける静かに澄み切った目を見つめ返すことができず、窓から庭ばかりを眺めた。そうするしか術《すべ》がなかった。人ではない何か別の、原田にはとうてい手の届かない無垢《むく》なものに変わってゆく妻を見るのが怖かった。

処暑を過ぎた頃から、妻は時折、昏睡《こんすい》状態に陥った。

青ざめた頬には表情がなく、呼吸は時々繰り返すのを忘れて、病室は面妖《めんよう》な静けさに包まれた。

娘が妻の枕元《まくらもと》で、泣き続けている。おかあさん、と呼ぶ声が、白い壁に当たって崩れ落ちる。妻は今、彼岸を見つめながら、何を考えているのだろう。初めて、原田は妻の顔を見つめ続けた。


秋の最初の満月の夜に妻は逝《い》った。

覚悟はしていたことだったが、妻の穏やかな死に顔を見つめているとすぐにはその事実を受け入れることができず、迎えの葬儀社の車が到着するまでの間、原田はベッドの脇《わき》で気が抜けたように座っていた。

その瞬間まで泣き続けていた娘も、今は涙もひき、母親の髪をなでている。

「苦しまなくて、よかったね」

「ああ、そうだな」

「死ぬって、すごいことのような気がしてたけど、ううん、やっぱりすごいことはすごいんだけど、こうしておかあさんを見ていると、遠くて知らない場所に行ってしまったというより、場所そのものが本当はもっと身近なところにあるんだって気がするわ」

「そうか」

「まるでチラシの表と裏みたいな感じ。表にはすごくごちゃごちゃ印刷してあるのに、裏返したら真っ白っていうのがあるじゃない。一枚なのに全然違うの。全然違うのに一枚なの」

娘は娘なりに、母親の死を受け入れようと必死なのだった。

翌日、通夜《つや》が始まる前、娘が唐突に留学の話を切り出した。

今通っている大学の姉妹校がイギリスにあり、先月、そこの編入試験に受かったという。

行ってもいいか、と、表面上は許しを乞《こ》うような言い方をしたが、有無を言わせぬ決心が窺《うかが》えた。娘の顔が、一瞬、妻と重なった。

「もう、決めているんだろう」

娘が頷《うなず》く。行きたければ、イギリスへでもどこでも行けばいい。どうせ、娘なんていつかはどこかに行ってしまうのだ。ほんの何年か早まっただけだ。構やしない。好きにすればいい。

通夜の席には重役の顔もあり、大きな花も並んで、賑《にぎ》やかなものになった。

近藤ら仲間たちも焼香に駆け付けてくれ、誰もが突然のことに驚きの言葉を口にした。そのひとつひとつに原田は冷静に対応し、喪主としての務めを果たしていた。

二度目の読経《どきよう》が終わり、ようやく人も引いた頃、笹倉が現われた。

「すまない、ちょっと抜け出せない用があってこんな時間になってしまった」

くたびれたシャツにズボンという格好からも、慌《あわ》てて駆け付けたという様子が見て取れた。

「来てくれただけで十分だよ」

笹倉はすぐに祭壇の前に立って焼香をした。妻の写真に頭を下げ、じきに原田の元に戻って来ると、困惑した表情を浮かべた。

「聞いて、本当に驚いたよ。まさか、奥さんがこんなことになるなんて」

「半年くらい前に宣告されてね」

「そうか。おまえは、相変わらず何にも言わないからな」

「隠すつもりじゃなかったんだが」

「奥さんには本当によくしてもらった。いろいろと食い物や日用品を送ってもらってどれだけ助かったかわからない。感謝してるよ」

「そうか」

「残念だ」

原田は胸ポケットから煙草《たばこ》を取り出し、火をつけた。笹倉にも勧めると、一本抜き取った。

「今朝、林から連絡をもらった時、不思議な気がしたよ」

火を受けながら笹倉が言った。

「実は昨夜、奥さんが夢に出てきたんだ」

原田は思わず顔を上げた。

「珍しく、綺麗《きれい》にお化粧してね。朱色の口紅がよく似合っていた。そんなにお洒落《しゃれ》してどこ行くんですかって聞いたんだけど、ただ、笑ってるだけでね」

原田はゆっくりと祭壇を振り向いた。まだ頬がふっくらとしていた頃の妻が写っている。

「あれは何だったんだろう。虫の知らせというやつなのかな」

そうだったのか。

口の中で呟《つぶや》いた。口紅を欲しがったのはそのせいだったのか。それをつけて、最後に笹倉に会いに行ったのか。

そうか、そうだったのか。

写真の妻が笑っている。その笑顔が次第に滲《にじ》み、遠く離れてゆく。

妻の何を見ていたのか。妻の何を知っていたのか。二十年という月日は、いったい何を妻と自分に残していったのか。

後悔と呼ぶには苦すぎる痛みが体を縛ってゆく。手が震え、肩が震え、全身が震えた。原田は初めて激しく泣いた。

夜の匂《にお》い

花というのは、どれも淫靡《いんび》な形をしているものだが、特に蘭《らん》の種類は女の性器をあからさまに連想させる。

萼《がく》は淡緑色で鮮やかな赤褐色の粗い斑点《はんてん》が入り、迫《せ》り出すような花弁は三裂して、真ん中の裂弁が扇形に大きく広がっている。そこに紫紅色の細脈が先端まで密に走っている。

その蘭に鼻先が触れるほど顔を近付けている幹子を見ていると、井沢は正直言って居心地の悪い気分になった。

本人にとっては意味のない仕草なのだろうが、井沢にはひどく淫《みだ》らな行為に映った。そのうえ花が発している甘ったるく、どこか青臭いような匂《にお》いもあれと似通っている。

幹子が振り返った。

「この蘭、ジゴペタルムっていうの」

「ふうん」

「きれいでしょう」

「そうだね」

井沢は頷《うなず》いた。しかし、きれいというより、もっとあからさまな、身も蓋《ふた》もない花という感じがする。

昨夜、幹子の膝《ひざ》の奥を覗《のぞ》いた映像が思い浮かんだ。決して美しいものではないのに、誰のものであろうと大した違いはないのに、どうしてこうもあの場所に興味を惹《ひ》かれてしまうのだろう。見る。それだけで安心する。そういうところが、男にはあるみたいだ。

幹子が再び蘭に顔を近付ける。前かがみの姿勢のせいで、首の後ろで髪がはらりと分かれ、ほっそりしたうなじが見える。

「ひと鉢買おうかしら」

井沢は素早く値札を見た。ちょっとした花束と同じくらいの値段だった。

「だったら俺がプレゼントするよ」

幹子がびっくりしたように振り返った。

「いいの？」

「記念にさ」

言ってから、自分の言葉に照れ臭くなった。いったい何の記念だろう。

セックスの記念か。

昨夜、井沢は初めて幹子とホテルに泊まった。セックスしたのも昨夜が初めてだ。


幹子は大学の五年後輩にあたる。

井沢が卒業した翌年に入学したので面識はない。三カ月ほど前に催されたOB会で初めて顔を合わせた。

とりたてて美人というわけではなく、むしろ地味な感じがする女だったが、ちんまりした顔の造作がどこか人を和ます雰囲気を持っていた。髪型や服装もシックで品が良く、男ずれしていない印象も悪くなかった。

幹子はまり絵という友人と一緒に参加していた。まり絵は幹子とは対照的で、男の視線を十分に楽しませてくれる女だった。身体《からだ》の線を浮かび上がらせるぴったりとしたセーターに、座ると腿《もも》の半分が見えるスカートをはいていた。そうしたくなるのが当然と思えるほど胸も足も形がよかった。喋《しゃべ》りも闊達《かったつ》で、短く言葉を交わした時も物《もの》怖《お》じしない視線を向けた。

かつての自分なら、間違いなくまり絵の方に声をかけていただろう。たいていの男がそうであるように、女を選ぶ時、連れて歩いて自慢できる女、ということに基準をおく時期がある。井沢自身、そういった女の尻《しり》を追い掛け回し、ベッドに誘い込むことに情熱を注いだこともある。

しかし、もういい。十分だ。今では女の半分がそんな女になってしまった。ありがたくもめずらしくもない。今の井沢にとって、幹子のような女の方が却《かえ》ってひどく新鮮に映った。

出会った翌日に電話をかけ、三日後には食事の約束を取り付けた。幹子は電話口で、いささか戸惑ったような声を出したが、結局は承諾した。

ホテルに誘うまで三カ月かけた。

言っておくが、かかったわけじゃない。今さらセックスに性急になるつもりはなかった。寝るだけの女なら何とでもなる。来年は自分も三十歳だ。そろそろ将来のことも考えている。まずは幹子という女をじっくりと観察し、セックスはそれからだと思った。

幹子は従順で、頭もよく、よく気が利《き》いた。料理好きで、健康でもある。何より、自己主張の強すぎないところが気に入った。

悪くない。どころか拾い物かもしれない。これなら田舎の両親や、上司たちに会わせても面倒なことにはならないだろう。

井沢はある意味で腹を決めた。そうして昨夜がその決心の現れというわけだ。

幹子が大切そうに鉢を胸に抱えている。

「嬉《うれ》しいわ。大切に育てるわね」

昨夜のキスマークが残っているだろう乳房がブラウスの中で柔らかく押しつぶされている。

すでに昼近い時間になっていた。朝食はホテルで遅めにとったのでまだ腹は減ってない。そろそろひとりに戻って自分の部屋で寛《くつろ》ぎたい気がしたが、礼儀のようにも思えて誘いの言葉を口にした。

「お茶でも飲んで行こうか」

幹子は申し訳なさそうに肩をすくめた。

「今からまり絵と会う約束をしてるの」

「そうか」

「ごめんなさい」

不思議なものだ。それまで断ってくれたらいいな、と考えていたくせに、実際にそうなるとひどく残念に思っている。

「いいさ。また電話するよ」

「ええ」

結局、幹子の乗る電車の改札口まで見送ってから別れた。


日曜の電車はすいていた。

揺れに身を任せながら、井沢は昨夜のことを考えた。

幹子はもちろん処女ではないが、男の数をこなしているわけでもないようだった。

正直言って、意外なほどぎこちなさが感じられた。それがもし演技であれば相当のものだろうが、膝を割ってペニスを押し込んだ時、明らかに強く緊張していた。もしかしたら痛みも感じていたのかもしれない。前戯にぬかりはなかったはずだ。自分は無理を通すような野蛮な男じゃない。つまり、彼女のヴァギナは相当の期間、男を受け入れていないと思われた。

寝たのは初めてだから断定はできないが、どちらかと言うと、幹子は淡泊な方なのかもしれない。けれども、それはそれで悪くないとも思っていた。女たちがセックスに奔放になるのは構わないが、あまりにも貪欲《どんよく》な姿を見せ付けられるとうんざりする。あれこれと要求されたり、手回しよく身体の位置を変えられたりすると、瞬《また》く間《ま》に萎《な》えてしまう。

そういう女は、結局、不感症の女と同じくらいタチの悪いものだと近ごろ思うようになった。今はそんな女が多すぎる。

幹子の脂肪が薄くさらさらとした感触を残す肌も、ちょうど手のひらにすっぽり納まる小振りの乳房も、今の自分の好みにぴったりだ。

男と女のセックスの相性は大事だ、とよく言われる。けれども正直言って井沢にはよくわからない。

生理的に受け付けられない女とやるのはごめんだが、好意を持てば、それなりに楽しいし気持ちいい。そして気持ちが冷めてしまえば、セックスもつまらないものになる。自分はセックスが好きだが、セックスだけが好きなわけじゃない。好きな女とするセックスが好きなのだ。

そういえば、知り合いに名器と呼ばれる女を妻にした男がいる。最初、こっそりとそれを自慢した。正直言うと、自分もちょっと羨《うらや》ましかった。けれども、しばらくすると、知り合いはげんなりした表情でこう呟《つぶや》くようになった。

「妻よりもいいセックスをする女が他にいないなんて、幸運と言えるのかな」

別に名器を求めているわけじゃない。そんなのは毎日肉料理を食べさせられるようなものだ。自分は幹子を気に入っているし、今はまだぎこちなくても、付き合いが深まればペニスとヴァギナは互いの凹凸を記憶して、やがてしっくりと納まるようになるだろう。


待ち合わせのティールームに入ると、幹子の隣にまり絵が座っていて驚いた。

「こんにちは」

まり絵は黒目がちの目で、いくらか挑むような笑みを向けた。前に会った時と同じように、ぴったりした服を着ている。胸につい目線が行ってしまいそうになり、ちょっと慌《あわ》てた。

「どうも」

井沢は挨拶《あいさつ》を返した。

「さっきまで一緒に買物してたの」

幹子が言い訳するように言う。それを引き継いで、まり絵が言葉を続けた。

「で、つい、ついて来ちゃったんですけど、お邪魔でした？」

「いや、そんなことはないよ」

井沢は鷹揚《おうよう》に返した。

面倒だな、という思いもないわけではなかったが、まり絵は話もうまいし美人でもある。まあ、たまにはこういうのも悪くない。

結局、三人で食事をすることになった。何が食べたい？　と尋ねると、幹子は「何でも」と答え、まり絵は即座に「おでん」と言った。

「関東のじゃなくて、ダシの効いた関西風のがいいな」

結局、それに決まった。

タクシーで浅草まで出て、知っている店に案内した。カウンターの角になる席に、井沢と幹子、そしてまり絵という形で座った。

まり絵はよく食べ、よく飲み、よく喋った。思った通り、彼女は自分が中心にならなければ話ができない女だった。

会話はほとんど、まり絵のペースで進められた。井沢の出身地や、仕事内容や、休みの時は何をしてるか、下着はブリーフかトランクスか、まで聞かれた。井沢は、適当にはぐらかしながら、はんぺんや大根を口に運んだ。

幹子が洗面所に立つと、まり絵は待っていたかのように、いくらか酔った目で、井沢の方へと身体を傾けた。

「この間、幹子とやっちゃったんでしょ」

ストレートに言われて、井沢は焼酎《しょうちゅう》のお湯割りにむせそうになった。

「どうだった？」

井沢はちょっと呆《あき》れて尋ねた。

「女同士って、そういうことまで話すのか」

「いけない？」

「いけないというより、理解できない」

「誰とでも話すわけじゃないわ。私と幹子はそういうことも話し合うほどの間柄ってことよ」

「それも理解できないけれど、もっとわからないのは、話したことを、君が僕に話すってことだよ」

井沢の思いやりある批判に、まり絵は気付かないのか、それとも気付いてわざとそうしているのか、しつこく食い下がった。

「それで、どうだった？」

井沢は悲鳴をあげたい気分になった。

「どうしても聞きたいなら、彼女に聞いてくれ」

「もちろん聞いたわ」

自分で言っておきながら、どきりとした。決して抜かりはなかったと思うが、自分とのセックスを、幹子はどうまり絵に話したのだろう。

それを聞こうか迷っていると、まり絵は井沢の耳に素早く口を寄せた。

「ねえ、知ってる？　幹子のいちばん感じるところ」

またもや返事に詰まった。

「脇《わき》の下よ。最初はくすぐったがるんだけど、それを通り越すと、たまんなくなるの」

井沢はゆっくりとまり絵の顔を見た。彼女は唇の端を持ち上げて、笑いをこらえている。どうやらからかっているつもりらしい。タチの悪い冗談に、呆れてものも言えなくなる。

そうしているうちに、幹子が洗面所から帰って来た。

井沢とまり絵の様子から、彼女なりに何か感じたのかもしれない。

「まり絵、この後、予定があるのよね」

と、いくらか強い口調で言った。

まり絵はちょっとむっとした表情で幹子を見返したが、すぐに肩をすくめてバッグに手を伸ばした。

「はいはい、消えればいいんでしょう。どうもごちそうさまでした。またお会いすることがあるかもしれませんけど、その時はよろしくね」

まり絵は井沢の肩に手を置き、屈託なく笑いながら帰って行った。

その後ろ姿を見送ってから、幹子は小さく息を吐き出した。

「ごめんなさい、まり絵っていい子なんだけど、自分のペースでしか人と付き合えないところがあるの」

「いいよ、気にしてないよ」

「何か変なこと言ってなかった？」

「いいや、全然」

井沢は答えながら、幹子が自分とのセックスについてどう言っていたか聞き出せなかったことを、少し、悔やんでいた。

その夜、ラブホテルに入った。

幹子のブラジャーのホックをはずしながら、井沢はまり絵の言葉を思い出していた。脇の下よ。そこがいちばん感じるの。

長いキスの後、井沢は右手で幹子の両手首を摑《つか》み、頭の上へと持ち上げた。それから脇の下に顔を突っ込み、舌を這《は》わせた。かすかにあの蘭に似た甘酸《あまず》っぱく、生々しい匂《にお》いがした。確かに幹子は最初はくすぐったがっていたが、執拗《しつよう》に続けると、息遣いが変わり始めた。短く途切れ、時々、止まった。唇から漏れる声も、今までとは違って余裕がないといった感じだった。井沢は脇の下を舐《な》め続けながら、もう片方の手で彼女のヴァギナに指を這わせた。驚くくらい、濡《ぬ》れていた。

ふたりの関係は雨が硬い土を柔らかくほぐしてゆくように、馴染《なじ》んでいった。

もうホテルは使わない。週末はたいてい幹子のアパートに泊まる。

最初に幹子の部屋を訪ねた時、正直言って驚いた。部屋は蘭《らん》の鉢植えで溢《あふ》れていた。十畳程度の広さに、三十鉢はあるだろう。

「ほら、これがあなたに買ってもらったジゴペタルム。あれはアランダ、こっちがエピデンドラム、それからパフィオペディルム、シンビジウムはよく見るから知っているでしょう」

まるで家族を紹介するように、幹子は鉢植えをひとつひとつ説明した。

「すごいな」

何だかよくわからないが、参ったなと思った。最近どうも、何かあるとすぐそういう感じ方をするようになっている。

「私のこと、変わってると思う?」

「いいや。でも、蘭って高いんだろう」

「高いものは高いわ。でも、ここにあるのは町の花屋さんで売ってるようなものばかりだから」

「これだけあったら、世話が大変だろうな」

「いろいろしなくちゃならないことはあるけど、これぐらいしか私、趣味がないから」

確かに、これがブランド物の収集だったら考えるが、流行のガーデニングの延長線上と思えば、こだわるほどのことではない。

おふくろも庭いじりが好きだから、いつか会わせることになった時、それはそれでいい話題になってくれるだろう。

その夜、幹子とセックスし始めると、部屋の中が濃い蘭の匂いに包まれた。まるで自分たちがそうするのを待っていたかのようだった。そのとろりとした独特の質感を持つ匂いの中で、幹子とふたり、上になったり下になったり、裏返ったり丸まったりした。

その最中、井沢は妙な感覚にとらわれた。蘭に溢れたこの部屋そのものが女性器となり、井沢の身体《からだ》が丸ごと呑《の》み込まれてしまっている。

井沢は、ちょっとみっともないくらい興奮し、激しく放出した。

まり絵から電話がかかって来た。

「驚いた？」

と尋ねられて、正直に答えた。

「ああ、驚いた」

「でしょうね」

「何か用事？」

「別に、用事なんてないわ。幹子とうまくいってるみたいね」

まり絵は少し酔っているみたいだった。

「おかげさまで」

「聞いてもいい？」

　わざわざ前置きするのが可笑《おか》しかった。どうせ駄目だと言っても、こういう女は聞くに決まっている。

「幹子のどこがいいの？」

「難しい質問だな」

「答えて」

「嫌いなところが何もない。それだけで俺には十分だ」

「よく言うわ、あなたは幹子の何を知ってるって言うの？」

「正直に言えば、まだ知り合ったばかりだから、知らないことの方がずっと多い」

「でしょう」

「でも、大事なのは知ることではなくて、知りたいと思う気持ちだろう。俺は今、彼女のことをもっと知りたいと思っている」

　まり絵は黙った。

「俺も聞いていいかな」

「何？」

「君は俺たちを応援してくれてるのかな。それともやっかんでいるのかな」

短い沈黙の後、まり絵は硬い声で呟《つぶや》いた。

「いい気にならないで」

受話器を戻して、しばらくの間、壁を眺めた。いったい何のための電話だったのか、さっぱりわからなかった。


まり絵から電話があったことを、井沢は幹子に話さなかった。そこに大した意味はなく、ただ話して面倒なことになりたくなかっただけだ。

ところが、それから頻繁に電話がかかるようになった。最初に言いそびれた井沢は、結局、今も幹子に言えないままでいる。そうすると、意味はないと思っていたことが、何かしら、意味を持ち始めてきたように思えた。

井沢はもちろん、まり絵が連絡をよこすからといって、自分に好意を持っている、と結論づけてしまうほど愚かな男ではない。女の心理に精通しているわけではないが、まり絵の気持ちの動きくらいは推察することができる。

まり絵はたぶん不満でならないのだろう。なぜ、自分ではなく、幹子の方に声を掛けたのか。ああいった女はないがしろにされることに、すぐ自尊心を持ち出して来る。井沢にしたら単なる虚栄心としか思えないが、何らかの形で自分を納得させなければ気が済まないのだろう。

まり絵は俺を好きというわけじゃない。もし、これがある種のアプローチだとしても、俺をその気にさせれば、それで気が済む。それだけのことだ。

そうして、もちろん井沢はそれに乗せられてしまうほど、女を知らないわけでもない。

幹子とはうまくいっていた。

うまくいくというのがどういうことか、突き詰めるとどういうことなのかよくわからないが、井沢は幹子の前でおならをしたし、幹子は井沢と一緒の時、素顔で過ごす時間が多くなった。

今のところ、幹子に不満は何もない。このまま順調に付き合いが進展すれば、そう遠くないうちに田舎の両親に会わせることになるだろう。

それなのに、井沢は幹子とのセックスの最中、時折、まり絵を思い浮べている自分に気付くのだった。

あのセーターを持ち上げる豊かな胸や、柔らかな脂肪に包まれた太腿《ふともも》は、これみよがしとわかっていながら、目を閉じると、ちらちらと断片的に目蓋《まぶた》の裏に現れた。そうして情けないことに、井沢のペニスはその映像に敏感に反応した。

幹子との居心地のよさは、退屈とすれすれのところで井沢を揺さ振る。井沢は幹子に満足しながら、頭の隅でまり絵の姿をなぞっている。このままでいけばトラブルになるかもしれないという危惧《きぐ》を感じながらも、まり絵からの電話をはっきりと拒否してしまえない自分がいる。

今夜もまた、電話がコールし始めた。

井沢は振り向き、昆虫のような形をした電話機を眺めた。

幹子だろうか、まり絵だろうか。

俺はどっちを望んでいるのだろうか。

「まり絵さんと最近、会った？」

唐突な質問にならないよう、井沢は注意深く尋ねた。

けれども、やはり唐突だったようだ。幹子が腕の中で、不審がるようにいくらか身体を固くした。

「どうして？」

「別に。ただ、最近、まり絵さんの話題があまり出ないからどうしたのかなって思ったのさ」

「確かに、前ほどは会わなくなったけど」

それから、顎《あご》を上げ、疑うような目をした。

少し、慌《あわ》てた。

「本当だよ。別に意味はないんだ。ただ、聞いてみただけさ」

「まり絵、あなたに何か言ったの？」

「何かって、何さ」

質問に質問で答えた。

幹子は短く息を吐き出した。

「まり絵とは、高校生の時から一緒なの。もう十年近くの付き合いになるわ。私たちはたぶん、誰よりもお互いのことを知っているわ」

「本当に仲がいいんだね。けれど女の子の友情って、ちょっと男には理解できないところがあるなあ。まあ他人にどうこう言われる筋合いじゃないだろうけど」

幹子が目を伏せる。

「私たちの関係は、あなたの思っている友情とは少し違うかもしれないけれど」

井沢は幹子の表情を眺めた。

派手で美しくて目立つ女と、控えめでおとなしい女。その関係は、結局、従属という形になるのではないかと井沢は思う。まり絵は幹子に対して優越感を持つことで安心し、幹子は自分に足りないものをまり絵で埋めようとする。

女は、本当は、女をいちばん信用していない生きものだ。

まり絵からの電話はそれからも続いた。

もちろん用事があるわけではない。

井沢はいつも「困るんだけど」と前置きをするのだが、どうしてもすぐに切ってしまえなかった。

そうやって電話が重なってゆくうちに、最初は被害者のように思っていた井沢だったが、どこかで、共犯者になりつつあるのかもしれないという思いが、ちりちりと胸の内側を焦《こ》がすようになっていた。

まり絵はだいたい愚痴とも皮肉ともつかない埒《らち》もない言葉を並べた。けれども、聞きたいのは結局のところ、これだった。

「ねえ、どうだった？　よかった？　幹子は感じてた？」

井沢は結局、そのすべてに正直に答えるハメになる。

「すごくよかったよ。感じてたよ」

そういう答えを引き出したのはまり絵自身なのに、彼女は苛立《いらだ》ちを見せ、最後に捨て台詞《ぜりふ》を吐く。

「いい気にならないで」

これが夜毎《よごと》に繰り返されれば、さすがの井沢もこの結論に行き着くのが当たり前のように思えた。

まり絵は俺が好きなのか。


雨が降っていた。

細かくて、冷たい雨だ。

窓は閉められていたが、どこからか湿気が滑り込んできて、部屋の中をしっとりと濡《ぬ》らしていた。

南国の花たちはそれに反応して、いつにも増して肉厚の花びらを広げ、その分、匂いも深くなったように思えた。

セックスを終えて、井沢はぼんやりと幹子の呼吸を聞いていた。それ以外は何も聞こえず、このまま部屋の中に閉じこめられてしまいそうな静かさだった。

チャイムが鳴り始めたのは、微睡《まどろ》みに意識が心地よく引きずり込まれようとした矢先だった。

井沢は目を開けた。幹子は動かない。眠っているのかと思ったが、目は宙を凝視している。

「出なくていいのか?」

「ええ」

「どうして」

「いいの、放っておけば」

「誰かわかってるのかい?」

「まり絵よ。今夜、あなたが来ること言ったものだから。まったく、どうかしてるわ」

井沢はすっかり眠気が飛んでいた。まさか、まり絵が乗り込んで来るとは思ってもいなかった。確かに、井沢はまり絵の電話に付き合い、そのことを幹子には内緒にした。けれど、それだけだ。まり絵と個人的に会ったことはないし、もちろん、怪しい関係になるはずもない。

チャイムはまだ鳴り続けている。もめ事になるのはごめんだった。

「俺が出るよ」

それがいちばんいいことのように思えて、井沢は上半身を起こした。

「ううん、私が行くわ」

幹子が素早くベッドを抜け出て、素肌の上にブラウスとスカートをつけた。残された井沢は、まずいな、と思っていた。思っているが、どうすることもできない。とりあえず井沢も服を着た。

寝室のドアを開けると、すでに幹子とまり絵が向き合っていた。

まり絵は姿を現した井沢に、強い意志を感じさせる目を向けた。

「どうして」

と、まり絵は叫んだ。

「どうして、私じゃ駄目なの」

いきなり言われた。まさかこの場で、こんなふうに思いをぶつけられるとは思ってもいなかった。井沢はすっかり面食らった。

俺はどうすればいいのだろう。どうすることが、幹子もまり絵も傷つけずに済むのだろう。

混乱と、戸惑いと、それでいてどこか誇らしげな自分が右往左往した。

言葉を探しあぐねていると、まり絵は井沢から視線を逸《そ》らし、幹子へと滑らせた。

「幹子、こんな男のいったいどこがいいの。今さら世間と同じ女を装《よそお》ってどうなるの。幹子を死ぬほど感じさせてあげられるのは私しかいないわ。そうでしょう、幹子だってこの男と寝てみてわかったはずよ」

まり絵が何を言っているのか、すぐには理解できなかった。ただ、自分を含めて部屋の中のすべてのものが、一瞬、息を止めたのを感じた。

「私でなきゃダメなはずよ。幹子も、幹子の身体《からだ》も、私でなきゃ」

「やめて」

幹子は言ったが、その声に力はなかった。

「もう、やめて」

幹子の膝《ひざ》から力が抜けて、床に崩れてゆく。

井沢は惚《ほう》けたように、ふたりの様子を眺めていた。何か言葉を発しようとするのだが、喉《のど》の奥がぺたりと張りついて、うまく声にならなかった。

幹子とまり絵の会話をすべて理解するには、もう少し時間が必要だった。

ただ、わかったことは、今、この部屋を出てゆかなければならないのは、他の誰でもなくこの俺だということだ。

井沢は黙ったままゆっくりとドアに向かって歩きだした。

今、自分の背は、部屋中の女の性器に見つめられている。井沢はそのことを強く感じた。

不意にまた匂《にお》いが濃くなったような気がして、思わず吐きそうになった。

終《つい》の季節

スポーツ新聞を読んでいると、急に、目の前に高校生らしき女の子が座ったのでびっくりした。

午後三時の喫茶店である。四ツ谷の駅から少し離れたこの店は、ランチタイムを過ぎると急に人が減って静かになる。杉浦は部署が変わってから、ここをよく利用するようになっていた。

彼女はテーブルの向こうから、杉浦を見つめている。杉浦が何か言うのを待っている様子だ。困惑した。

誰だ、この子は。

どこかで見たような、紺のジャケットにプリーツスカートの制服を着ている。別に渋谷辺りを闊歩《かっぽ》している今時の女子高生というわけではない。

「あの、何か？」

尋ねると、女の子は質問の意味が摑《つか》めなかったのか、二、三度目をしばたたかせた。

「さっき電話で」

「え？」

「だから、電話で」

意味がわからずにいると、彼女は「なぁんだ」と、らしからぬはすっぱな言い方をして立ちあがった。呆気《あっけ》にとられている杉浦を尻目《しりめ》に、背を向ける。その拍子にプリーツスカートの裾《すそ》がめくれ、思いがけず膝《ひざ》の裏のつるりとした白さが目に飛び込んできた。若い肌だった。それはひどく眩《まぶ》しく映り、杉浦は慌《あわ》てて視線をそらした。

店には他に女性がひとりと老人の二人連れがいる。結局、彼女はどのテーブルにも行かず、奥まった席についた。注文を取りにきたウェイトレスに「ミルクティ」と頼んだのを左耳で聞きながら、杉浦は再び新聞を読み始めた。

しばらくして、男が現れた。三十そこそこのサラリーマンだ。流行の四つボタンのグレーのスーツを着込んでいる。最近の若い奴《やつ》らはだいたいこういうスーツを着ている。

営業マンだろうか。ぶら下げている大きめのソフトバッグがどこか胡散《うさん》臭い。男は何の躊躇《ちゅうちょ》もなく、杉浦の前を通り過ぎて、彼女の向かいの席に腰を下ろした。

杉浦は手にしたスポーツ新聞の隙間《すきま》から、彼らの動向を窺《うかが》った。男が杉浦と同じ新聞を持っていることに気づき、なるほど、と思った。それで間違えたというわけだ。

男がコーヒーを注文し、彼女に話し掛ける。女子高生は、別段緊張するでもなく、怖《お》じけづくでもなく、かといって開き直るでも、もちろん媚《こ》びるでもなく、ごく自然に応対している。弾んでいるわけでもないが、ぎこちないわけでもない、そんな会話に見えた。顔みしりなのか。いいや、ふたりは初対面のはずだ。私を間違えたのがいい証拠だ。

コーヒーが運ばれてから、ふたりが席に座っていたのは十分もなかった。すぐに連れ立って、店を出て行った。杉浦は新聞に目を戻した。

なるほど、あれが援助交際というやつか。

思わずため息がもれていた。あんなごく普通の女子高生までが、売春をやっているというのか。世も末だな、と口の中で呟《つぶや》いた。しかし、彼女の膝の裏に見た、あの一瞬の眩しさを思い、連れの男をどこか憎々しく思った。

その店で一時間ほど時間をつぶし、オフィスに戻った。机の上には何もない。

かつてはちょっと席をはずしただけで、伝言のメモがそこらじゅうに貼《は》りつけてあったものだ。中堅商社の、主に木材を扱う部署にいた杉浦は、それなりの実績を積み重ねてきたという自負があった。しかし三カ月前、突然、この資料室の室長に配属替えが決まった。

閑職であり、左遷《させん》人事であることは一目瞭然《いちもくりょうぜん》だった。前任の室長も半年あまりで自宅待機となり、そのひと月後には退職に追い込まれている。

不景気はわかっている。会社は三年続けて赤字決算を出していて、格付けもかなり落ちた。しかし、赤字は自分に責任はない。直接仕事とは関係ない無茶な投資が焦《こ》げ付いたからだ。それは重役たちが負うべきものではないか。なのに、なぜ自分がそのとばっちりを受けなくてはならないのだ。

あの時、常務に呼び出されて、こう言われた。

辛抱してくれないか。会社を立て直すためにはしょうがないんだ。不満は色々とあるだろうが、こんな時代だ、社員が一丸とならなければこの不景気を乗り切れない。会社が潰《つぶ》れれば元も子もないだろう。なに、しばらくの間だ。心配することはない。また必ず復帰させる。僕が保証する。だから我慢してくれ。

それは、今まで自分が口にしてきたセリフだった。そうやって何人の社員をリストラにかけ、退職に追い込んだだろう。

同情は禁物だった。結婚したてだろうが、家のローンが残っていようが、子供の教育に費用がかかろうが、老人介護の費用が必要だろうが、そんなことは関係ない。これは個人の感情や都合でどうこうなるものではない。会社が生き延びるために必要な処置なのだ。無用の人間に給料を払い続けるほど、もう会社に余裕はない。だからこそ、杉浦も社員をあっさりと切ることができたし、別段、そのことに対して負い目を感じることもなかった。

しかしここに来て、まさか自分がその無用な人間になるとは考えてもいなかった。五時ぴたりに仕事は終わる。終わるといっても、常に大した仕事はないわけで、退社時間がくるだけのことだ。けれども、杉浦には五時に帰ることができなかった。日中に席をはずしていながら、定時に帰るのが気がひけるというのも、考えてみればおかしな話だが、まだ明るいうちに帰ることに慣れないのである。いや、正直に言えば別の思いもある。自分はまだ会社に貢献している、というアピールをしておきたかった。いつ何どき、重役たちに見られているかわからない。資料室がどんな行く末を暗示しているか承知しながらも、つい期待めいたものを持ってしまう。

杉浦の他にいる六人の社員、もちろん彼らも左遷組であり、いつ自宅待機を言い付けられるかわからないが、彼らは現在の状況をすっかり受け入れていて、何の躊躇もなく席を立って行った。

　誰もいなくなった部屋で、杉浦は椅子《いす》を回転させ、ぼんやりと窓の外を眺めた。西に傾いた太陽が、コンクリートの壁をじりじりと灼《や》いている。今日も暑かった。雨も長く降らず、街路樹も埃《ほこり》まみれの葉をくったりとさせている。

　することがない、ということがこれほど残酷な仕打ちだとは思ってもみなかった。脳の思考が停止して、転げ落ちるように老人になってゆくような気がする。冗談じゃない。杉浦は唇を噛《か》み締めた。自分はまだ四十七歳だ。働き盛りではないか。

　五時半になった。静かだ。この部屋の前はほとんど社員も通らない。

　時折、想像することがあった。突然ドアから重役が顔を出し「君がいないと駄目だ。すぐに現場に戻ってくれ」と駆け込んでくるのではないか。部下からけたたましく電話が入り「他の上司じゃ話にならないんです。杉浦次長、指示をください」と泣き付かれるのではないか。

　もちろんこの部署にきてから三カ月間、ドアが開くこともなければ電話もない。信頼してくれていたはずの上司も、信頼していたはずの部下も、見事なくらいあっさりと杉浦の周りから姿を消していった。

　六時になった。杉浦は席を立った。立ってから、今日は何曜日だったろうかと考えた。水曜か。今週はあと二日で終わる。

週末、家でゴロゴロしているのが、妻の神経を苛立《いらだ》たせているのはわかっていた。わかっていたが、仕方がない。それ以外、することがないのだからどうしようもない。

かつてはゴルフだ出張だと、毎週のように家をあけていた。結婚してからずっとそんな調子で、家のことはすべて任せてきた。娘を育てたのも、姑《しゅうとめ》の世話をしたのも妻だった。そのことに不満を抱いていることを知らないわけではなかったが、それは結婚する時の約束でもあった。夫が働き、妻は家を守る。あの時、妻も専業主婦を望んだではないか。杉浦が約束をたがえたわけではない。

最初は不満を口にしていた妻も、いつか何も言わなくなった。姑が逝《ゆ》き、ひとり娘の夏美が小学校に入ったのをきっかけに、妻は東銀座にある食器店に勤めるようになった。接客商売が性に合ったらしく、十年の間にパートから正社員になり、今では主任という肩書きまでついている。妻が外に働きに出たいと言った時、杉浦はさほど抵抗を感じなかった。それで妻が機嫌よく家事をこなし、子育てにも手を抜かないなら、それでいいと思っていた。

居間のソファに横になりながらテレビを観《み》ていると、キッチンで朝食の後片付けをしている妻の背からぴりぴりしたものが伝わってくる。土曜も出勤しなければならない妻にすれば、ゴロゴロしている夫は自分のペースを乱すもの以外、何ものでもないのだろう。

俺のことなんか気にしないで、とっとと出掛ければいいじゃないか。

と、杉浦は言いたくなる。ふてくされた顔の妻と一緒にいるのではこちらも息苦しい。放っておいてくれたら、適当にパンでも食ってテレビを観て昼寝をしてビールでも飲んでいる。かまうことはない。

マンションのローンはあと十年ちょっと残っている。六十歳の定年退職で完済する予定だ。部署が変わっても基本給は同じだが、手当が減り、使える経費もなくなった今は、実質的には三分の二程度の収入に落ちていた。娘の夏美は一年後には大学受験を控えている。今では妻の稼ぎは生活の中で不可欠なものになっていた。

寝室から妻が出てきた。華やかなオレンジ色のスーツを着込んでいる。化粧も施し、髪もまとめ、やけに美しく見える。イヤリングをつけながら、妻は言った。

「じゃあ私、仕事に出掛けますから」

「夏美は？」

「とっくに学校に行きました」

「そうか」

「今夜は少し遅くなるかもしれないから夕食は先に食べていてください。冷蔵庫に用意してあります」

「ああ」

「あなた、せめてパジャマを着替えて、髭《ひげ》をそったらどうなの」

「そうか、うん、そうだな」

目線をテレビに向けたまま、杉浦は答える。どうせ誰に会うわけじゃない。このまま夜になってまたベッドに潜り込むだけだ。わざわざ着替えることも髭をそる必要もないじゃないか。

「それから、もし、雨が降ったら洗濯物をお願いしますね。どうせ、今日もまた、一日中うちでゴロゴロしているんでしょう」

「ああ」

そういった妻の皮肉に苛立ったり怒りを覚えたりしたのは、最初の一カ月ぐらいだった。その後は、毎日が急速に色褪《いろあ》せてゆくような感じで何も思わなくなった。妻はさらに何か言い掛けたが、すぐ諦《あきら》めたように玄関を出て行った。

杉浦は目を閉じた。眠いのではない。他に何もすることがないからだ。休日は、時間が間延びしたようにとろとろと進む。午後にならないと、ゴルフ番組は始まらない。いつの間にか眠ってしまったらしい。ドアの辺りが騒がしくて目を開けた。ソファから身体《からだ》を起こすと、夏美がびっくりした顔で立っていた。

「なんだ、いたの」

「ああ」

「いやだな、その格好。みっともない」

夏美は眉《まゆ》の辺りにはっきりと嫌悪《けんお》を示した。時計を見ると二時を少し回っていた。

その時、後ろからひょこりと女の子が顔を出して、頭を下げた。

「こんにちは、お邪魔します」

「ああ、どうも」

友達か。父親がこの姿じゃ、夏美が眉をひそめるのも無理はないだろう。夏美は彼女に自分の鞄《かばん》を渡した。

「私の部屋に行ってて。何か飲み物持ってくから」

「うん」

頷《うなず》いて、女の子が背を向けた。その瞬間、杉浦の胸がざわりと波立った。スカートの裾から覗《のぞ》いた膝の裏の白さが、記憶を呼び戻していた。彼女は喫茶店で見たあの子に違いなかった。

娘たちは三十分ほどして、家を出ていった。

ふたりとも制服から私服に着替えていた。

肩の出た丈の短いワンピースだ。杉浦にしたら下着にしか見えないが、流行なのだろう。この夏、街ではそういう格好をした女の子たちをゴマンと見かける。

まさか夏美も売春なんかしていないだろうな。

杉浦はソファにもたれかかり、天井を見上げた。うちの子に限って、と、どの親も思うのと同じことを考える。今のところ派手さは見られないし、夜が特別に遅いということもない。高価なブランド品も持ってないようだ。携帯電話は使っているが、それくらい今は常識らしい。

迂闊《うかつ》なことに、あの時、夏美と同じ制服だとは気づかなかった。

あの子は、今日はうまく礼儀正しい女の子を装《よそお》っていたが、夏美の付き合う相手としてはまずいのではないか。彼女が援助交際をしているとすれば、いつ何時、誘われるかわからない。そんな状況になったらコトだ。十代なんて、すべては周りの友人によって生活が左右されるものだ。

七時になっても、誰も帰って来ない。結局、杉浦はひとりで夕飯を食べることにした。野菜の煮物とクリームコロッケが冷蔵庫にあり、それを電子レンジでチンする。味噌汁《みそしる》はインスタントで、湯を注ぐだけだ。

半分ほど食べた頃、夏美が帰ってきた。居間にちょっと顔を出し、ただいまも言わずに「おかあさんは？」と尋ねた。

「まだだ。夕飯は？」

「いらない」

と、すぐに自室に入ろうとする。それを杉浦は引き止めた。

「夏美、今日一緒だった友達のことだが」

夏美が振り向く。

「なに？」

「どういう友達だ？」

「どういうって、同じ高校の友達よ」

「どこの家の、どういう子だ」

「何なの、それ。何でそういうこと聞くの」

自分のプライバシーに立ち入られたことで、明らかに夏美は反抗的な態度をとっている。子供のくせに何を言う、誰のおかげで高校に通っていられるんだ、と腹立たしい思いが湧《わ》き上がるが、ここで怒っては娘を頑《かたく》なにさせるだけだ。

「素性を聞かれちゃまずい友達か」

「よしてよ、いい子よ。優しいし、チャラチャラしてないし。中学の時、父親が蒸発して大変なのに、お母さんとふたりで助け合いながら頑張ってるの。ゆかりは、私より成績だってずっといいんだから」

「ゆかりっていうのか」

「そうよ、藤沢ゆかり」

その名を耳にした時、痛みを伴ったざわめきのようなものが胸の中に広がった。何かが、呼び起こされたような気がする。いったい何だろう。

「もう、行っていい？」

「ああ」

気が抜けた声で言ってから、杉浦は慌《あわ》てて呼び止めた。

「夏美、少し話さないか」

怪訝《けげん》な顔つきで夏美が振り向いた。

「話？　何を話すの？」

「いいから座れ」

顎《あご》でダイニングテーブルの向かい側の椅子をしゃくったが、ドアの前に立ったまま、夏美は警戒心で全身をかためている。

「別に特別何を話そうってわけじゃない。今までずっと忙しくて、夏美とゆっくり話す機会もなかったろう。学校のこととか、進学のことなんかどうなってるのか、お父さんも少しは知っておきたいからな」

夏美がドアによりかかった。

「いいよ、別に知らなくても。お母さんと適当にやってるから」

「そういうわけにはいかんだろ」

「いいんだってば」

「しかし」

夏美は今度ははっきりと拒否の意志を表した。

「あのね、今さらそんなこと言われても困るのよ。ヒマになったからって、急にこっちに神経向けないで欲しいの。おたくはおたくで、好きなことすればいいじゃない」

今、おたく、と言ったのか。杉浦は驚いて夏美を見直した。しかし、夏美はその言葉に特別な意識など持ってなく、当たり前のように口にした。おたく、なんて他人に使う言葉じゃないか。そう言おうとして、ふと、それでは夏美が自分を今まで何て呼んでいただろうかと考えた。「お父さん」か、いや違う。耳慣れない響きだ。小学校低学年のときには確か「パパ」だった。そのあとは、いったい何と……そうして愕然《がくぜん》とした。もう長い間、父親としての呼ばれ方をしていない、ということに気づいたからだ。

「夏美、おまえ」

けれども、顔を向けても、もうそこに娘の姿はなかった。

妻が帰ってきたのは十時を過ぎていた。

ちょうど杉浦は風呂《ふろ》に入っていて、出てみると、居間から笑い声が聞こえていた。顔を覗かせると、妻と夏美が一緒に飯を食っている。杉浦を見て妻は「ただいま」と短く言い、それきりふたりとも口を噤《つぐ》んだ。

テレビでも観ようかと、いったんはソファに座ったものの、彼女らの無言がやけに居心地が悪く感じられ、結局、新聞を持って寝室に入った。しばらくすると、再び笑い声が聞こえてきた。憮然《ぶぜん》とした。俺がいては話もできないというのか。ないがしろにされたようで不愉快だった。

しかし考えてみれば、こんな状態はもうずっと以前からではなかったか。居間で三人で寛《くつろ》ぐなどという像は、どう努力しても浮かばない。

そんなことを考えながら、ぼんやりとベッドに寝転がっていると、話し声は廊下から風呂場に移って行った。湯をおとす音がする。何だ、入らないのか。しかし、すぐに違うことに気がついた。再び湯を入れているのである。もったいないことをする、と思ってから、もしかしたらと考えた。つまり俺が使った風呂には入れないということなのか。

杉浦はその時初めて、何かが変わっていることに気づいた。

父親をおたくと呼ぶ娘。同じ湯に入らない家族。知らないうちに何かが確かに変わっている。いったい何が。それが何かわからなくても、不意に、もう手遅れなのではないかという焦《あせ》りにも似た思いにかられ、背中に細かく鳥肌が広がった。

唐突に思い出した。

いつもの喫茶店だった。スポーツ新聞を読みながら、コーヒーを飲んでいた時だ。

あの子は藤沢和夫の娘だ。

一度だけ会ったことがある。いや、正確には見たと言った方がいい。中学生だった彼女は、まだ幼さが残っていた。母親は小柄で華奢《きゃしゃ》で、不安にやつれ果て、ふたりともこのまま消えてなくなってしまうのではないかと思われるくらい影が薄かった。

藤沢和夫は、杉浦がリストラした社員だった。下請けの企業に出向を命じたのである。それも自宅から片道二時間近くかかる場所だった。もちろん退職を期待しての処置であり、かなり露骨なやり方だった。しかし同情の気持ちはなかった。藤沢は営業マンとして、有能とは言えなかったからだ。押しも弱ければ、ハッタリもきかない。悪い男ではなかったが、のんびりした仕事をやるには社会情勢が厳しくなり過ぎていた。

藤沢は出向を受け入れた。そうしてひと月が過ぎた頃、突然、姿を消したのだった。しばらくして妻が娘を連れて会社に相談にきた。ちょうどふたりが応接室に入るところを目にした。妻の背には不安がどっしりと覆《おお》いかぶさっていた。同い年の娘がいる、ということにいくらか気の毒な思いはあったが、それも結局、藤沢はその程度の男であり、そんな男を亭主にしたのが不運だった、と思うしかなかった。

応対したのは人事の者だ。相談の結果を聞くと、三ヵ月間は休職扱いにして給料は通常通りに支給するが、それで帰って来なければ退職とする、というものだった。妻子に異存はなかったそうだ。退職金は残された者にとってこれからの生活にはどうしても必要な金だったのだろう。そして、三カ月後、会社の規約に従って退職金が支払われた。

あの時の娘か。

杉浦は目を閉じ、椅子《いす》にもたれかかった。

あれから三年たった今も、藤沢は家に戻らず、母と娘、ふたりで暮らしているわけか。

あの時、藤沢をリストラするのは当然のことと思った。行方知れずになったと聞いた時はさすがに寝覚めが悪かったが、すぐにそんな思いは薄らいだ。あの頃の杉浦には「そうされる者」の気持ちなどまるで分らなかった。そして今、自分はそうされる者になった。

押しの弱い、小心な、けれども善良な男だった。あの時、本当に藤沢和夫をリストラにかけるべきだったのか。ああいった男こそ、目立たなくても会社に貢献する男ではなかったのか。いや、そもそも会社に貢献することに何の意味があるのか。

不意に、胸が締め付けられるような後悔が襲ってきて、杉浦はコーヒーカップを握り締めた。

家の中で、自分の孤立を実感しても、杉浦はどう対処してよいのかわからなかった。たまに夏美と顔を合わせても、まるでソファやタンスを見るような無機質な目を向けるだけだ。話し掛けても短い返事があるだけで、会話にまで発展しない。せめて食事ぐらい一緒にしようと思うのだが、夏美は朝食をほとんどとらずに家を出てゆくし、夕食は同じテーブルについても、目はテレビに向いたままで話し掛けても生返事しかない。それも妻の帰りが遅い時には、決して杉浦とふたりでは食卓につこうとはしないのだった。なぜそれほどまでにして父親と接触を持ちたがらないのか。怒りの気持ちはあるものの、どうやってその怒りを表現すればいいのかもわからなかった。

そのことを、思い切って妻に告げると、彼女は唇の端に薄く笑みを浮かべて、はすかいに杉浦を眺めた。

「いちばん父親が必要な時にあなたはいなかったのだもの、あなたが必要としている時に家族がいなくても仕方ないでしょう」

返す言葉がなかった。妻は、娘を心配しているふりをしながら、実は何とか自分を復権させたいと願っている杉浦の自分勝手な思いをすでに感じ取っていたのかもしれない。それで諦《あきら》めてしまえばよかったのだ。なのに、妻を味方に引き入れれば変わるかもしれないと、杉浦は夜、何カ月ぶりかに妻に手を伸ばした。いや、一年以上か。

「さわらないで」

低いがはっきりした声で妻の拒否が返ってきた。まるで、電車の中の痴漢にでも言うような冷ややかな響きがあった。

その夜、杉浦は眠れなかった。孤独と屈辱と怒りと虚《むな》しさとが綯《な》い交《ま》ぜになって、仰向けに寝る杉浦の胸を深く圧迫し続けた。

夏美の携帯電話から、藤沢ゆかりの番号を調べるのは簡単だった。夏美が風呂に入ったのを見計らって、鞄《かばん》の中から電話機を取り出し、検索するとすぐに彼女の名前が出てきた。

番号を調べてどうするのか。まだそこまで考えてはいなかった。ただ、夏美に父親として認められたいという思いは嘘《うそ》ではなかった。藤沢ゆかりが夏美を惑わす可能性があるなら、近付けるわけにはいかない。

翌日、いつもの喫茶店に行く途中、杉浦は公衆電話の前に立った。番号を書き写したメモを取り出し、プッシュする。緊張した。四度ばかりのコールの後、つながった。

「もしもし」と、あの子の声がした。

どう答えようか、考えた。

「もしもし、誰？」

「えっと、私は、そうだな、何と言ったらいいのか」

言葉に詰まっていると、明るい声が返ってきた。

「もしかして、伝言ダイヤルの人？」

「え？」

「だったら、先に言っておくけど」

「あ、ああ……」

「喫茶店でお茶を飲むだけなら三千円ね、食事なら五千円、カラオケに付き合うなら七千円。もちろんみんな一時間よ。で、それ以上のことは、その場での交渉ってことになってるんだけど」

絶句した。覚悟はしていたはずだが、これがあの藤沢ゆかりの言葉とは思えなかった。

「どうする？　とりあえずお茶でもする？」

杉浦の受話器を持つ手に汗が滲《にじ》んだ。

「やめなさい」

「え？」

「こんな馬鹿《ばか》なことやめなさい。自分が何をしているか、わかっているのか」

一瞬の沈黙があって、せせら笑うような声が返ってきた。

「何言ってるの、バカみたい」

そして電話は切れた。


会社から自宅待機を命じられたのと、妻から離婚を持ち出されたのは同時だった。というより、自宅待機の話をすると、妻はしばらく黙り込み、やがて顔を上げて「離婚してください」と言ったのだった。

驚いたが、今さら驚いた顔をするのは却《かえ》って不自然な気がして、曖昧《あいまい》に「そうか」と頷《うなず》いた。それを妻は了承の意味に受け取ったらしい。

「届けは明日、役所で貰《もら》ってきます」

喉《のど》が渇いて、杉浦は唾《つば》を飲み込んだ。やけに大きな音がして、自尊心が傷ついた。いったん離婚の二文字を口にすると、妻は腹を括《くく》ったように、事務的な口調で後を続けた。

「そうと決まれば、色々と話し合わねばならないこともあるけれど」

杉浦は煙草《たばこ》に手を伸ばした。けれども途中で自分の指が細かく震えていることに気づき、引っ込めた。

「夏美のことは、私に任せてくれるわね」

「ああ」

「このマンション、どうします？」

「そうだな」

「売りますか。とは言っても、このご時世じゃ買った時よりずい分値は下がると思いますけど」

その言い方に、妻が随分前から離婚のシミュレーションをたてていたのだとわかる。

「君らがここに住めばいい。僕が出てゆくよ」

内心、うろたえながらも、口からは冷静な言葉がついて出る。どっちが本当の自分なのかわからなかった。やめてくれ、冗談じゃない。好きにしろ、どうでも俺は構わない。そんな思いが折り重なりながら、やりとりが続いてゆく。

「でも、ローンを払い続けるのはきついわ」

「退職金が出る。全部渡すから、それを充《あ》てればいい。残った分は、夏美の学費に使ってくれ」

「会社、辞めるの？」

一瞬、妻の表情に翳《かげ》りが走った。

「そうするつもりだ」

「辞めて、どうするの」

「まだ考えてないが、何とかなるさ。しばらくは失業保険も出る。それより、慰謝料とか、養育費だけど」

「会社を辞めて、退職金も全部くださるなら、他に要求するつもりはありません。夏美とふたりくらい、食べてゆけますから」

「そうか、すまないな」

何で謝っているのか自分でもわからなかった。これで杉浦は一文なしになるのである。

こんなものか。

これが二十五年の会社生活と、十九年の結婚生活のなれの果てか。過ごした時間が霞《かす》んで背中の後ろを流れてゆく。やはり悪いのは俺なんだろう。そう思う方がむしろ気が楽だった。

それからすべてのことが、考える余裕のないまま、慌《あわ》ただしく過ぎていった。

マンションを出たのはひと月ほどたってからだ。同じ沿線は避けてアパートを借りた。近くに公園があり、商店街も歩いて五分ほどの距離にあり、二階建てモルタル造りのアパートはかなり古びていたが、一目《ひとめ》見てこれに決めた。学生時代に暮らした安アパートと似ていた。今の自分にはよく似合っていた。

引っ越しは業者に頼んだ。大した荷物はなく、小さなトラックで十分だった。「単身赴任ですか」と明るく言う作業の青年に、笑って頷いた。そうでないことは、向かう場所を知ればすぐにわかることだ。

マンションを出る時は、さすがに妻と夏美もいくらか緊張した面持ちだった。十二年、ここで親子三人で暮らした。いや、暮らしたとは言わないのかもしれない。ここで寝て、食べて、風呂《ふろ》に入り、テレビを観《み》た。今にして思えば、家庭というより、結局、それをするだけの場所だったのかもしれない。

「じゃあ」

「ええ」

妻が頷く。いや、もう妻ではない。夏美に顔を向けると、彼女はいくらか俯《うつむ》き加減に、杉浦を見つめていた。

「元気でな」

「うん」

小さな声が返ってきた。右耳に光るものを見つけ、ああピアスをしたんだ、と思った。今度、娘に会うのはいつになるだろう。その時どう変わっているのだろう。夏美にとって父親は、不在なものから不要なものに変わってしまった。変えたのは、もちろん俺だ。


ひとりになって、しばらくは忙しかった。

手続きというものが色々とあって、毎日必ずどこかに出掛けなくてはならなかった。寂しさや虚しさを感じることはなく、むしろ高揚に似た感覚があった。まだ現実感が伴っていないのかもしれない。

ハローワークという名になった職安にも足を運んだ。杉浦と似たような年代の男たちも結構いたが、どれも一様にそうなって仕方ない顔に見えた。彼らもかつて会社で働いていた頃は違った顔をしていたのだろう。肩書きをはずされた男はどれも似たようなものだ。

職安のカウンターで、若い事務員に「リストラにかかりまして」と説明することに、最初は屈辱のようなものを感じたが、すぐに慣れた。とにかく失業保険を受けなければ食べてゆけない。貰《もら》えるものは貰うという覚悟がついていた。

引っ越した部屋には何もない。一間《いっけん》の押し入れにすべて納まる荷物だけだ。妻は色々と持ち出すものを提案したが、ほとんど断った。難しい理由はなくて、ひとつを持ち出せばきりがないと思ったからだ。

正直に言おう。一度だけ、泣いた。コンビニの弁当を、畳の上に直《じか》に置いて、缶ビールと一緒に食っていた時だ。意志とは関係なく、涙がぼろぼろとこぼれ落ちた。割《わ》り箸《ばし》を持つ手の甲が濡《ぬ》れて、自分でもびっくりした。涙は驚くほど溢《あふ》れ出て、しばらく止まらなかった。

泣いたのはその一度だけだ。その後は、泣くというような強い感情にかられることのない生活となった。

日中、することは何もない。

アパートにはテレビもなく、すぐに退屈した。仕方なく商店街をぶらぶらした。無理をすればテレビぐらい買えないこともないと、電器屋に向かうと、ドアの前で声をかけられた。携帯電話の販売員につかまったのだ。

そして、テレビではなく携帯電話を買った。ちょうどセールをやっていて、それは店頭にずらりと並び、まるで叩《たた》き売りのようだった。勧められるまま手にとってみた。

つい調子にのって「機能や外観はどうでもいいから」と言うと、驚くほど安いものを持出してきた。

家族と会社を失うと、杉浦には自分と繋《つな》がるものが何もなかった。友人や知人はすべて仕事がらみだ。飲み屋もそうだし、ゴルフもだ。アパートの一室で、日がな天井を眺めていると、今日が何日で何曜日かの感覚さえもあっさりと失われていった。

携帯電話は鳴るはずもない。自分の番号を知っている者はいないし、教える者もいない。１１７と１１７７にかけてみた。ちゃんと繋がった。杉浦はふと思い立って、押し入れを開いた。書類鞄の中をさぐってみる。あった。小さな紙切れだ。そこに並んだ番号は、藤沢ゆかりのものだった。

しばらくその番号を見つめた。たったひとつ、自分を、自分以外の何かと繋ぐ魔法の番号のように思えた。

夜、番号を押した。確かな時間はわからないが八時頃のはずだ。繋がる気はしなかったが、確かにそれはコールしている。

「はい」

彼女が出た。周りがひどくうるさい。カラオケボックスらしい。

「もしもし、誰？　聞こえない」

「そろそろ帰りなさい」

「えっ、なに？」

「遅くなっては、お母さんが心配するだろう」

「何なの、誰なの」

「遊ぶなとは言わない。遊びたい時は遊べばいい。私もそういう時期があった」

「何なのよ、いったい」

「しかし、その延長で、身体《からだ》を売るなんて間違っている」

「あのさ、誰だか知らないけど、あんたには関係ないでしょ」

「大事なことを思い出すんだ」

小さくため息をついた後、短く彼女は言った。

「変態」

耳元に広がっていた喧騒《けんそう》がぷつりと途切れた。杉浦は携帯電話を放り出し、畳に寝転がった。変態か。口元に苦い笑みが浮かんだ。サッシ窓の隙間《すきま》から、細い月が冷たく浮かんでいるのが見えた。

やる気がない。

とにかく何をするのも億劫《おっくう》で、一日中、こうしてただ部屋でゴロゴロしている。それでも腹がすいたり、小便をしたくなったりする身体の仕組みが滑稽《こっけい》だった。

いつの間にか夏は過ぎ、どこからか炭が焼けるような秋の匂《にお》いが漂ってきた。テレビも新聞もないので、世の中がどうなっているのかわからない。けれど、わかったとしてもどうだというのだ。自分にどう関わり、何ができるというのだ。日没が早くなった。けれど、それも杉浦には関係ない。

そんな頃、郵便受けの中に封書を見つけた。裏を返すと妻の、いやかつての妻の名があった。慌てて開いてみると、いくつか杉浦宛《あて》の郵便物が入っており、手紙が添えてある。文面は杓子《しゃくし》定規な時候の挨拶《あいさつ》から始まり「では、そちらにお送りします。郵便局に転居通知の確認をしておいてください」と、短く書いてあるだけだった。夏美のことも、妻自身のことも何もない。しごく事務的で味気ない内容だ。今さら失望するなど、ふたりに失礼というものだろう。これだって十分に彼女たちの思いやりだ。

郵便物はそのままゴミ袋に放りこんだ。読んだってどうしようもない。

初めて、このまま死ぬのも悪くないな、と思った。

「あんた、前にもかけてきた人ね」

ゆかりが言った。

「目的はなに？」

「目的？」

「もしかしてストーカー？」

「まさか。ただ、君に馬鹿《ばか》なことをやめさせたいだけだ」

「あのね、私、誰に迷惑かけてるわけじゃないわ。もちろん、あんたにもね。関係ないんだから、放っておいてよ」

「そうはできないんだ、君のようなこれからという女の子が、自分を傷つけるような真似《まね》をしているのを黙って見ていられないんだ」

電話の向こうでゆかりが笑う。

「そうそう、自分を傷つけるようなことはするなって、大人はすぐ言うのよね。でも、買ってる奴《やつ》が言っても説得力なんてないって。だいたい、そんなことで私は傷ついたりしないもの」

「本当にそう思ってるのか」

「当然でしょ。たかが男と寝て、どうして傷ついたりしなきゃならないのよ。ねえ、あんただって、本当はヤリたいんでしょう。だったら、はっきりそう言えば」

「売春は犯罪だってこと知ってるね」

　あはは、とゆかりは今度は大声で笑った。

「なるほど、そうくるわけ。聞いたことあるわ、売春は人類が誕生してからもっとも長く続いている仕事だって」

「稼いだ金は何に使うんだ」

「いいじゃない、そんなこと。私のお金なんだから」

「生活費とか学費とかってわけではないんだろう」

「当たり前でしょ。そんなのに使うわけないじゃない、馬鹿馬鹿しい」

「母親とふたりの生活が大変なのはわかる。たとえそれでお小遣いをせびらなくて済んだとしても、お母さんは喜ばない」

　ゆかりは一瞬、言葉を途切らせた。

「あんた、家《うち》のこと知ってるの？」

「え？」

「そうなのね。どうして知ってるのよ」

「知らない」

　ゆかりの声に怪《け》訝《げん》なものが混ざった。

「あんた誰なの」

「君に馬鹿なことはやめてもらいたいだけだ」

「もしかして」

「え？」

「もしかして……お父さん？」

それはひどく杉浦を動揺させていた。長い間、耳にしたことのない呼び方だった。すぐに否定すべきだったのかもしれない。けれど、その言葉の持つ響きが心地よくて、つい杉浦は黙り込んだ。

「そうなの？　お父さんなの？」

「黙ってないで、答えて」

「もし、そうだったら、どうする。君たち母子《おやこ》を置いて出ていった父親を、さぞかし恨んでいるだろうな」

「当たり前よ、私とお母さんの前で土下座させても足りないわ。あれから私たちがどんなに大変だったか、お父さん、わかってるの」

ゆかりの口調は激しい。しかし、お父さんと呼び続けていることに、彼女の中で今も父親が大きな位置を占めていることが感じられた。自分とは大違いだと思った。一緒に暮らしていても、安心して過ごせる金を渡していても、娘からお父さんとは呼ばれなくなった自分より、彼女の父親の方がずっと確かに存在している。

「今、どこにいるの、何をしているの」

「こんな私が、とやかく言う資格はないことはわかっている。けれども、言わせてもらう。あんなことはやめなさい」

ゆかりの声が堅くなる。

「援交のことね」

「そうだ。情けないとは思わないのか」

すると、間髪いれずゆかりは言った。

「だったら、お金をちょうだい」

「え……」

「私にそんなことさせなくてもいいくらいのお金よ」

困惑した。まさかそんなストレートな要求をされるとは思ってもみなかった。

「すまない、金はないんだ」

「だったら、えらそうなこと言わないでよ」

ぴしゃりと言って、一方的に電話は切れた。杉浦はゆっくりと息を吐き出した。やっぱり金か、あの子を引きとめるものは結局、金しかないのか。

買春したことがある。風俗の店に行ったこともある。かつて、東南アジアに仕事で出掛けた時も女を買った。どれもみんな若い女たちだった。罪悪感などかけらもなかった。彼女たちにとってそれが仕事なのだという、大義名分があった。あの女たちだって誰かの娘だ。他人の娘は買っておいて、自分の娘が売ったら急に道徳を持ち出すなんて、お笑い草もいいところだ。何をエラそうなことを言っている。そんなことを言える立場か。ゆかりの言い分はもっともだ。

「大人たちはみんな言うわ。身体を売るのは悪いことだって。でも、どうしてそれが悪いことなのか、誰もちゃんと説明できないの。法律で禁止されているから。結局、そのレベルでしか言えないのよね」

ゆかりの言葉を杉浦は黙って聞いている。

もう、電話をかけても受けてくれないのではないかと思っていたが、彼女はかかってきた相手が誰かわかると、まるで待っていたかのように話し始めた。

「マージャンでお金を賭《か》けたことあるでしょ。立ちションだってタバコの投げ捨てだってあるでしょ。犯罪というなら、日本中、みんな犯罪者じゃない」

ゆかりは怒りをぶつけるように喋《しゃべ》り続ける。

「美人なら顔で稼ぐわ、頭がいいなら頭で稼ぐ、腕力があるなら肉体労働でね。それと同じよ、私は自分の女と若さを使ってお金を稼ぐの。それのどこが悪いの？　別にイヤイヤやってるとか、誰かに無理にやらされてるわけじゃないわ。早い話、好きでやってるのよ。私は被害者じゃないわ。だったらそれでいいじゃない」

杉浦は返答に詰まる。どう答えていいのかわからない。それどころか、答えそのものがわからない。

「聞いてるの？」

「ああ、聞いてる」

「何とか言ったらどうなの」

「情けないが、わからないんだ。こうして話していると、君の方が正しいような気がしてくる」

「ほらね」

勝ち誇ったような声が聞こえて来る。

「ただ……」杉浦は付け加えた。

「ただ、お母さんを悲しませないで欲しいんだ」

受話器の向こうで派手な笑い声があがった。

「よく言うわ、ダンナに捨てられるより悲しいことってあるの？」

「金は何とかする」

「えっ」

「大したことはできないが」

「本当に」

「ああ、できる限りのことはする」

しばらくゆかりは黙った。それからためらいなく具体的な数字をあげた。

「じゃあ、三十万ね。とりあえずそれだけちょうだい。揃《そろ》ったらまた電話して」

杉浦の返事を聞かずに、電話は切れた。


杉浦はビラ配りの仕事を始めた。

激安美容院の宣伝用チラシ配りだ。一日働いて八千円。日払いである。とにかくすぐ現金になる仕事が欲しかった。もちろん、失業保険は貰《もら》うつもりでいる。だから正式に雇い入れられては困る。そう考えてから、これだって十分に犯罪だということに気づき、苦笑した。

帽子を深くかぶっているとはいえ、身体の前と後ろに看板をつけて、駅前の雑踏の中に立つのはひどく恥ずかしかった。行き交う人みんなに見られているような気がして、つい俯《うつむ》きがちになった。知っている誰かに会ったらどうしようとも思った。けれど、一時間もすると気にならなくなった。誰も自分になど目もくれない。手にしてすぐ捨てられるこのチラシと同じだ。

杉浦から見ればガキのような若造から、おっさんと呼ばれ、顎《あご》でコキ使われるような扱いを受けた。

「おっさん、要領が悪いんだよ」

けれども大して屈辱など感じなかった。そんなものを感じるより、とにかく金が欲しかった。千枚のチラシを配るのはこれでかなり骨が折れる。手渡すタイミングのようなものがあり、それをはずすと素通りされたり、相手の手に届く前に落ちてしまう。悔しいが若造の言う通り要領が悪い。

それでも二週間働いた。それに下りた失業保険を足して、何とか三十万が用意できた。

電話をかけて、そのことを告げると、ゆかりはさすがに驚いたようだった。

「振り込むから、口座番号を教えてくれないか」

「本当なの？」

「ああ、何とか集まった」

すると急にゆかりは強《こわ》ばった声を出した。

「五十万にするわ」

「えっ」

「私とお母さんを捨てたんだもの。五十万くらい安いもんでしょう」

何か言おうとしたが、結局、杉浦は頷《うなず》くしかなかった。


ビラ配りの前に、青果市場での仕事にも出るようになった。朝は四時起きになり、体力的にはかなりつらいが、五時間労働で一万円になる。割はいい。主に競《せ》りにかける青果物の荷を解《ほど》いたり、運んだりした。しかし想像以上に重労働で、三日目には足腰がギシギシと音をたてて痛んだ。

何のためにこんなことをしているのだろう、とアパートで痛む腰をさすりながら考えた。他人の娘だ。関係ない。金をやったって解決にはならない。遊びでパッと使われてしまうだけだ。かつてリストラした部下への罪滅ぼしのつもりか。そんなことを言ったらいったい何人の家族にしなければならないか。

そうしたいから、そうする。結局それ以外、自分自身にも説明がつかなかった。五十万はなかなかきつい。夜、工事現場の交通誘導員の仕事に出ることにした。うまくいけばもう一万稼げる。これで三つの掛け持ちで、身体《からだ》は限界に近かったが、五十万がたまるまでのことだ。

金が揃ったのはそれから十日後だった。

そのことを携帯で知らせると、ゆかりの声はみるみる不機嫌になった。なぜそうなるのかわからず、杉浦は困り果てた。また足りないと言うつもりなのか。しかし反応は逆だった。

「そんなお金、受け取らないわ。たかが五十万くらいで、あんたにホッとなんかされたくないもの。それくらいその気になれば、私は簡単に稼げるわ」

その時、初めて、杉浦は怒りを覚えた。

「君は前に、売春なんかで自分は傷つかないって言ったのを覚えているか」

「もちろん覚えてる。大人たちはすぐ『自分を傷つけるのはやめなさい』って言うのよね。それ聞くたび、可笑《おか》しくて」

「確かに、君は傷つかないだろう。傷つく必要もないと思う。売春なんて、君の言う通り大したことじゃない」

「でしょう」

「しかし、君にもきっと将来、好きな男ができる。その男に今やってることを話せるか」

「話す必要なんかないわ。わざわざそんなことを言って、波風たてることないもの」

「つまり、男に知られたくないというわけだ。なぜ、知られたくないか。君の中に、間違ったことをしているという意識があるからだ。確かに、行為自体は君を傷つけることはないかもしれない。しかし、知れば男は傷つくだろう。君を愛すればなおさらだ。そうして自分が愛する男が傷つくことで、結局、自分も傷つくんだ。わかるか、傷つくとはそういうことだ」

「なに言ってるの、バカみたい。言ってる意味、わかんない」

「理由なんかどうでもいい。わからなくてもいい。ただ、腹がたってしょうがないんだ。自分の娘がそんなことをしてると想像するだけでたまらないんだ。ただ、それだけなんだ。なぜ、そのことがおまえにはわからないんだ」

　娘に語らねばならぬことが多くあった。父親として分かち合わねばならぬことが底知れずあった。何もできぬうちに家族は離れた。いいや、何もしない父親に、夫に、娘と妻は見切りをつけたのだ。

電話はいつの間にか切れていた。ツーという機械音が遠くを走りゆく電車のように長く続いていた。

仕事はみんな辞めてしまった。急にやる気がなくなった。金はある。失業保険も入ってくる。当分、何もしなくても十分暮らしてゆける。

新しい月になり、季節が変わろうとしていた。気がつくと、秋はゆっくりと後退《あとずさ》りして、凜《りん》とした静けさを孕《はら》んだ風が足元にまとわりつくようになっていた。これまで、季節を迎えながら生きてきた。しかし、今は逝《ゆ》く季節を振り返る自分を知る。あと何回この季節を迎えられるだろう。いつの間にかそんな数え方をするようになっている。

突然、携帯電話が鳴りだした。何の音か最初はわからなかった。この電話が鳴るのを聞いたのは初めてだし、だいたい誰も番号を知らないのだから鳴るはずがない。しかし、実際にはコールがしつこく続いている。杉浦は手を伸ばした。

「もしもし」

「なあんだ、元気なんじゃない」

あっけらかんとした声があった。ゆかりだった。

「ここんとこ、ずっとかけて来ないから、病気にでもなったのかと思ってた」

「どうして、番号がわかった」

「今は相手の番号が表示されるようになってるのよ」

「そうなのか」

「やだ、そんなことも知らなかったの」

「この間、口座番号を聞かなかった。教えてくれないか。約束の金、振り込むから」

「まだそんなこと言ってるの。いらないって言ったでしょう」

「しかし」

「そんなこと、あんたにしてもらえるわけがないわ。あんたが誰だか知らないけど、お父さんじゃないことだけは確かだもの」

杉浦は一瞬返答に詰まり、うろたえた。

「最初はもしかしたらって思ったの。でも、すぐにわかったわ。いなくなったのは三年前よ、父親の声を忘れるわけないでしょう」

「悪かった、嘘《うそ》をつくつもりはなかったんだ」

「いいのよ、本当に父親だったらいいなって思ったのも確かだから」

ゆかりの声にいつもの頑《かたく》なさは感じられなかった。

「ねえ、何のためめに、こんなことしたの？」

「何て言ったらいいのか……」

口ごもると、ゆかりはしつこく追及しなかった。

「ううん、いいわ、そんなことどうでもいい。本当の父親はどこにいったか行方もわからない。本当の母親は娘が何をしてるか考える余裕もない。本物なんて、そんなものかもしれない。偽物《にせもの》の方がそれっぽいなんて、おかしな話ね」

「僕も、本物の妻や娘には何もしてやれなかった」

「でもね、何だか私、救われたような気がしてる」

その言葉に、一瞬、胸を衝《つ》かれた。

「嬉《うれ》しかった、すごく。うまく言えないけど、嬉しかった」

「そうか」

「だからもう、私のことは心配しないで。ちゃんと考えるから、色んな事、ちゃんと」

「ああ、わかった」

「じゃあ、元気でね」

杉浦は何か言おうとした。しかし、身体の底からは乾いた息が込み上げてくるばかりだ。焦《あせ》りにも似た、ひどく飢《かつ》えた思いが広がり、じん、と痺《しび》れるような孤独に身体ごと沈んでゆく。

「でも」

ゆかりが言った。

「また、電話していい？」

杉浦はゆっくりと目を閉じた。今度、救われるのは自分かもしれない。

言い分

先日、秘書課の植田奈保《なほ》からストレートな告白を受けた。

彼女は今年入社したばかりの二十二歳。二十九歳の洪一から見ても眩《まぶ》しいほどの若さだ。色白で黒目勝ちで、肩まである髪はいつも甘やかな匂《にお》いがしている。立ち居振る舞いにどこかお嬢様っぽい雰囲気があって、社内の男どもの評判も上々だ。

正直なところ、そんな彼女がなぜ、と不思議でならなかった。洪一には同じ会社に勤める靖子《やすこ》という婚約寸前の彼女がいる。付き合っていることはほぼ公認の状態で、奈保ももちろんそのことを知っていて、それでも構わないと言うのである。

「二番目でいいんです。我儘《わがまま》を言ったりしません。ただ、時々会ってくれるだけで」

ここまで言われてNOと言える男がいるだろうか。面食らいながらも、洪一は答えた。

「自分をもっと大事にした方がいい。君にふさわしい男は他にいるよ」

内心ではそれで引き下がられたらイヤだなと、思っていた。男の身勝手だということはわかっている。それでも、こんな若く愛らしい女の子に好きだと言われて、あっさりと拒否できる男がいるとは思えない。

奈保はうっすらと目に涙さえためた。

「洪一さん以外の人じゃダメなんです」

新入社員歓迎会の時、偶然隣り合わせて言葉を交わした。初々《ういうい》しくて頼りなげで、ビールをコップ一杯飲んだだけで顔を真っ赤にしていた。それでもタチの悪い上司から「飲め」と勧められると断れない。隣りで見ていてハラハラした。案の定、奈保は途中で気分が悪くなり、さっきまで赤く染まっていた頬が青ざめて来た。洪一は見兼ねて「少し、外の風に当たった方がいい」と、連れ出した。下心があったわけじゃない。本当に心配だったのだ。

しかし、結局はそれがきっかけとなったのだから、少し言い訳っぽく聞こえるかもしれない。

結局、奈保と始まってしまった。

もちろん靖子にも、会社の連中にも知られるわけにはいかない。慎重に付き合った。

今はだいたい週一のペースで会っている。付き合い始めの頃は、外で食事をしていたが、今はほとんど奈保のアパートに直行する。誰かに見られたらまずいという思いもあるが、奈保は料理が得意でいろいろと作ってくれる。それが嬉《うれ》しい。そしてうまい。

奈保は口では「家の方が気楽でいいから」と言っているが、本当は洪一の立場を気遣っていることはわかっていた。この関係を誰にも知られてはいけないというだけでなく、洪一に経済的負担をかけさせたくないと思っている。そういう優しいところを持ち合わせている女だった。

今夜も、奈保のアパートで飯を食い、セックスをした。奈保はベッドの中でも慎ましやかで従順で、奉仕してくれる。舌の使い方がかなり上手《うま》いので、経験が少ないわけではないことはわかったが、そんなことは少しも気にならなかった。いや、むしろホッとしていた。これでもしもバージンだったりしたら、やっぱりちょっと退《ひ》いてしまう。

奈保と裸で抱き合ったままとろとろしていると、電話が鳴り始めた。

奈保はベッドから抜け出し、受話器を取り上げた。

「もしもし」

それから黙り込み、しばらくしてもう一度言った。

「もしもし」

やがて諦《あきら》めのような息を小さく吐き、受話器を置いた。

「どうした？」

「ううん、何でも」

「間違い電話か？」

奈保は沈んだ顔つきで洪一の腕の中に入って来ると、華奢《きゃしゃ》な肩を震わせた。何だか怯《おび》えているように見えた。

「何も言わないの」

「言わないって」

どうやら無言電話らしい。

「よく、あるのか？」

「時々」

細い声で奈保が答えた。

男か、と思った。前に付き合っていた男につきまとわれているのかもしれない。清純そうに見える奈保だが、バージンではない。

「ごめんなさい」

奈保が言った。謝られることじゃない。奈保が悪いわけじゃない。洪一は髪をなでた。

「気にすることないよ。どこにでもバカはいる。そんな野郎は放っておくのがいちばんさ」

「男じゃないわ」

「え？」

「女の人よ」

「どうしてわかるんだ？」

「わかるわ、それくらい」

それから奈保は洪一の背に腕を回した。

「いけないのは私なの。これくらいされても仕方ないって思ってる。でも、洪一さんのことはどうしても諦《あきら》めきれない」

最初は何を言っているのかわからなかった。洪一は枕元《まくらもと》のスタンドの明かりがぼんやり滲《にじ》む天井を見ながら考えた。それからゆっくりと頭をもたげた。

「靖子だって言うのか」

奈保は洪一の胸に顔を押し当てている。むき出しの肩が細かく震えていた。奈保は泣いていた。

「まさか」

「ごめんなさい」

奈保はまた謝った。

昨日会った靖子のことを思い返した。いつも通りだった。表情も態度も会話も、何も変わらない。靖子のわけがない。

洪一はまず自分を納得させ、それから穏やかな口調で否定した。

「そんなはずはないよ。僕たちのことは靖子は何も知らない」

腕の中で、奈保が言葉を続ける。

「二週間ほど前、総務の北島さんに見られたらしいの。コピー室でのこと」

「え……」

「北島さんと靖子さん、同期入社で仲がいいでしょう。無言電話がかかるようになったのは、ちょうどその後からなの」

あの時か、と思った。奈保がひとりでコピー室に入る姿を見て、つい後を追っていた。気持ちのどこかに、制服姿の奈保と……という想像があった。もちろん悪ふざけ程度のことだ。コピー室を覗《のぞ》くと、奈保しかいない。洪一は気づかれないよう近付き、背後から奈保を抱き締めた。驚いて振り返る奈保。そこで短いキスをした。悪くないスリルだった。

あれを見られたというのか。

思わず頭を抱えそうになった。これはかなりまずい状況ではないのか。

しかし、だ。

洪一は天井を見つめ直した。

だからといって、本当に無言電話は靖子の仕業だろうか。たとえ奈保とのことを知ったとしても、そんなことをするとは思えない。付き合ってそろそろ三年になる。靖子のことはよくわかっているつもりだ。気持ちのさっぱりした女だ。もしそうなら、洪一に直接詰め寄るか、黙って背を向けるか、そういう潔《いさぎよ》さと気《き》っ風《ぷ》のよさを持っている。

かといって、奈保もまた根拠もなしにそういうことを口にするような軽率な女じゃない。今まで奈保から誰かの告げ口や悪口など聞いたこともない。

「今のは忘れて。靖子さんと決め付けるような言い方をして悪かったわ。そうね、靖子さんじゃないわ。靖子さんがそんなことするわけないもの。私ったら、証拠があるわけでもないのに何てことを言ってしまったのかしら」

奈保は洪一の思いを察している。恋敵となる靖子のことを恨んでもいいのに、そんなことを少しでも考えた自分を恥じている。

愛《いと》しいと思った。軽い気持ちで付き合い始めたが、奈保を知るにつれ、こんないい子を本当に遊びで終わらせてしまっていいのかと考え始めている自分がいる。

洪一は奈保を抱き締めた。

「ごめんな、奈保の気持ちはわかってるから」

靖子のことは好きだ。三年も付き合っているし、結婚も考えている。けれども、こうして頼りなげな奈保を目の前にしていると、放っておけないというような、自分の中の「男」の部分が甘やかに刺激される。僕がいなくて、この子は本当に大丈夫なのだろうか。

もし、無言電話をしているのが靖子だったら。

その時、洪一は靖子との別れをいくらか考えていた。

もし、靖子だったら。


週末。

洪一の部屋に靖子が来ていた。

三年も付き合っていると、恋とか愛とかいうより、気の張らない相手という部分が大きくなって来る。こうしてアパートでふたりでビデオを観《み》ていると、靖子はもう自分の一部になってしまったような気になる。

しかし、今日はそうのんびりとした気持ちばかりではいられなかった。あの無言電話のことを靖子に確かめるつもりだった。そうなれば奈保との関係も自らバラしてしまうことになりかねないが、コピー室での一件を総務の北島に見られてしまったのだとしたら、もう知っているに違いない。

奈保とこっそり付き合ってたのは自分が悪い。しかし、もし靖子が無言電話をかけるような女であれば、洪一にだって考えがある。

ビデオが終わって、靖子がリモコンで巻き戻しを始めた。

「すごくよかったわね。主人公が子供の身代わりで死ぬとこなんか泣けちゃった」

靖子は少し目を赤くしている。

「ねえ、おなかすかない？　外に食べにゆこうか。それともコンビニで何か買って来る？」

靖子はいつもと少しも変わらない。二十七歳にしては童顔といえるだろう。しかし胸は思いがけず大きい。

洪一はひとつ深呼吸した。

「靖子」

「なに？」

ビデオをレンタル屋の袋に戻しながら靖子が振り返る。

「ちょっと話があるんだ」

ふっと、靖子の表情が変わったように思えた。

「そこに座ってくれないか」

テーブルの向こうで、靖子が膝《ひざ》を整えた。洪一が何を話そうとしているのかすでに察しているように思えた。

「知ってるんだろう」

「何を」

知らないのか。

もしそうなら藪蛇《やぶへび》になりかねない、と、急に洪一は落ち着かなくなって言葉を濁した。

「いや、だから、その、何だ……」

「秘書課の植田奈保のことなら知ってるわ」

ストレートな返事が返って来て、洪一は腹をくくった。今さら、言い訳しても始まらない。

「知ってるなら、なんで僕に言わなかったんだ」

「信じてたから。何だかんだ言ったってきっと私の所に戻って来てくれるって」

靖子の表情に曇りはない。まっすぐな視線を向けられて、洪一はたじろぐような思いで俯《うつむ》いた。

「そうか」

「あの子が好きなの？」

「いや、そういうわけじゃない。何ていうか、あんまりいい子なものだから、断れなかった」

情けない言い訳だと自分でも思ったが、これしか言葉が浮かばなかった。

「私と別れて、彼女と付き合うの？」

靖子の声にいくらか湿り気が加わった。顔を上げると、目の縁が濡《ぬ》れていた。さっきのビデオのせいばかりではなさそうだった。胸が痛んだ。

「靖子には済まないってずっと思ってた」

「本当に？」

「もちろんさ。ごめんな、ちゃんとケリはつけるから。ただ、その前にひとつだけ聞いておきたいことがあるんだ」

「なに？」

「靖子、彼女のところに電話をかけてないか？」

「電話？」

「ああ」

「どういうこと？」

「彼女に文句があるのはわかる。でも、それは直接僕に言ってくれないか」

「私から電話があったと、あの子が言ってるの？」

靖子が頬を強《こわ》ばらせた。

「いや、そういうわけじゃない」

「何なの、よくわからないわ。もっとはっきり言って」

「最近、ちょくちょく無言電話があるらしいんだ」

「まさかそれを私がしてるっていうの？」

靖子が怒りと驚きが混ざり合った目で洪一を見据えている。

「私じゃないわ」

「彼女、すごく怯えてるんだ」

「私じゃないって言ってるでしょう。どうしてあの子は、その相手が私だと決めつけるの。無言なら誰かもわからないでしょう。それとも私だという証拠でもあるの。あるわけないわ、私、そんなことしてないもの。いくら洪一にちょっかい出されたからって、私そこまで陰険じゃないもの」

靖子はきっぱりと言った。その言い方に嘘《うそ》は見えなかった。三年間、付き合っているからこそわかった。

「やっぱり彼女の勘違いなんだな」

「当り前じゃないの。洪一は信じたの？」

「まさか、僕は最初から靖子じゃないと思ってたさ」

靖子はしばらく言葉を途切れさせ、考え込んだ。

言わなければよかったと、洪一は後悔していた。浮気という怒りだけではなく、疑ったことでますます靖子を怒らせてしまった。ちょっと考えれば、靖子がそんなことをする女じゃないということぐらい、わかる。

その時、靖子が何か言ったような気がして、洪一は顔を向けた。

「え、なに？」

靖子は言葉を口にするのをためらった。

「何だ？」

「ううん、何でも」

首を振る。

「何だよ、言ってくれよ。気になるじゃないか」

洪一が強く言うと、靖子はやがて決心したように顔を上げた。

「そうね、言った方がいいわね。でなきゃ私が疑われてしまうんだもの」

靖子はまっすぐに洪一を見た。

「きっと、その電話の主は坂川常務の奥さんだと思うわ」

洪一は目をしばたたいた。どうしてここに坂川常務の奥さんが登場するんだ。

「こんなこと言いたくないんだけど、あの子、入社前から常務と付き合っているらしいわ。うちの会社にもそのコネで入社したって言われてる」

思わず、ぽかんと口があいた。

「最近、ふたりのことが奥さんにバレて、大変なことになってるって」

「ちょっと待ってくれ。本当なのか、それ」

「女性社員のほとんどは、そのことを知ってるわ」

「まさか」

「学生の時に、銀座でホステスのバイトをしてて、その時からの付き合いだそうよ」

首の後ろに重いものが落ちてきたようだった。信じられなかった。あの清純で気の弱そうな奈保が坂川常務と？　かつては銀座のホステスを？　そんなバカな。

「私も最初は信じられなかったわ。逆に、そういうことを言ってる女の子たちに注意してたぐらいなのよ。でも、見てしまったの」

「見たって、何を」

「ふたりがホテルから出て来るとこ。渋谷のシティホテルよ」

言葉もなかった。

「誰にも言わないつもりだったけど」

「本当に、本当なのか」

「ええ、間違いないわ」

洪一は頭を抱え込みそうになった。

自分は何てバカだったのだろう。

奈保の愛らしさに目が眩《くら》んで、本質的な所は何ひとつ見えてなかった。彼女がそんな女だったなんて気付きもしなかった。バカだ、自分は本当にバカだ。

靖子と別れるなんて早まったことをしなくてよかった。それがせめてもの救いだ。大切なものをなくしてしまうところだった。

奈保にははっきりと言おう。無言電話の犯人は靖子ではないということ。そして、これで終わりにしようということも。あの可愛《かわい》い顔にはもう騙《だま》されない。


「僕たち、もう会わない方がいいと思うんだ」

言葉を飾る余裕もなく、洪一は結論を言った。

奈保は呆気《あっけ》に取られたような顔をし、それから涙を溢《あふ》れさせた。

「私、何か洪一さんの気に障《さわ》るようなことをしたの？」

「いや、そんなんじゃないんだ」

「じゃあ、どうして」

「色々考えたんだけど、やっぱりこういう中途半端《はんぱ》な付き合いはよくないと思ってさ」

「私のことならいいの。こうして会えるだけで嬉《うれ》しいの」

くらりとさせられるセリフだが、心を鬼にした。

「僕が自分を許せないんだ。ごめん、こんな結果になって申し訳ないと思ってるよ」

奈保が俯き、涙を拭《ぬぐ》っている。身体《からだ》が小さくなってしまったように見える。

強い意志を持ってここに来たはずだったが、自分のために流している涙だと思うと、いたたまれない気持ちになった。しかし、奈保は坂川常務の愛人なのだ。ここで仏心など起こしてはいけない。結局は自分の将来に関わることになる。

「わかりました」

か細い声で奈保が言った。

「今更、別れないでなんて言うのはルール違反ですよね。洪一さんに靖子さんという女性がいることは最初から知っていたんですから」

「すまない」

洪一はポケットの煙草《たばこ》に手を伸ばした。

「それから無言電話のことだけど、やっぱり靖子じゃなかったよ。誰か違う人なんじゃないのかな。こう言っては何だけど、他に思い当る人物がいるんじゃないのかな」

「それ、どういう意味ですか?」

奈保がゆっくり顔を上げた。

「いや、別に意味はないんだけど」

「私を恨んでいるような人がいるってことですか？」

「いや、別に意味があるわけじゃないんだ。ただ、もしかしたらって思って言ってみただけさ」

奈保の表情が静かに変わってゆく。

「靖子さんから何か聞かされたんですか」

「いや、別に」

「聞かされたんですね。でなければ、洪一さんがそんなこと言い出すはずがないもの」

「何もないよ」

口の中がやけに苦くて、洪一は煙草を灰皿に押しつけた。

「坂川常務のことですね」

まさか具体的な名前を奈保自身の口から聞くとは思ってなかったので、面食らった。

「いや、それは」

「そんな噂《うわさ》がたってることは私も知ってます。奥さんにバレて揉《も》めている最中とか、そういうことになってるらしいですね」

「そうか、うん、知ってるのか」

洪一は妙に納得して頷《うなず》いた。

「洪一さん、それを信じるんですか？」

「いや、信じてないよ。本当だよ。色んなことを言う奴《やつ》は世の中にいるさ。放っておくのがいちばんさ。噂なんて、厭《あ》きればみんな忘れるんだからさ」

「私もそう思ってずっと放っておきました。でも、もう我慢できません。あんなデタラメなこと、ひどいわ」

奈保が唇を堅く結んでいる。その表情に嘘があるとは思えなかった。

洪一はわからなくなった。

「本当に、坂川常務とは何でもないのかい？」

「やっぱり洪一さんも疑っているんですね」

「そういうわけじゃないが、ふたりがホテルから出て来た所を見たという奴もいるくらいだから……」

「それも靖子さんですね」

「いや、単なる噂だよ」

「いいんです、靖子さんでしょう。あの時、ホテルで会ったことは覚えてます。ロスからのお客さまがいらしてて、宿泊先のホテルに坂川常務とご一緒したんです。部屋で契約をして、ロビーに下りて来た時、靖子さんのことを見ました。それだけなんです。なのにひどいわ、靖子さん、まるでふたりでホテルに泊っていたような言い方して。本当に坂川常務とは何の関係もないんです。嘘だと思うなら、その時のスケジュール表を秘書課長から借りて来たっていいんです」

「いや、何もそこまでしなくても。そうか、わかった。そういうことだったのか」

「誤解は解いてもらえましたか？」

「でも、坂川常務と入社前から知り合いだったことは間違いないんだよね」

奈保が頷く。

「確かにそうです。常務は父の古い友人なんです。私、父を中学生の時に亡《な》くしていて、それから常務は家族のことを色々と気遣ってくれていたんです」

「銀座でホステスをしていた時に知り合ったっていうのは本当かい？」

「ホステスはしてました。父が亡くなって、うちは経済的にすごく苦しかったんです。下には弟もいるし。私は学費を稼ぐためにホステスのバイトをしたんです。それを知った坂川常務がお店に来て、すぐに辞めなさいって言ってくれたんです。この会社を紹介してくれたのは確かに坂川常務ですけど、ちゃんと入社試験も受けたし、私は自力で入ったんだって信じてます。なのに、周りの人たちは勝手な噂ばかり流して……」

「そうだったのか、君も苦労したんだね」

事情も知らず、靖子の話を鵜呑《うの》みにした自分が恥ずかしかった。今時、学費を稼ぐためにバイトする女の子などいるだろうか。ブランド製品が欲しくて平気で援助交際するような奴らばかりじゃないか。

奈保は必死に涙をこらえている。そんな奈保が愛《いと》しくて、洪一はつい抱き締めていた。

「ごめん、悪かったよ、何も知らずに、そんな噂に惑わされて」

「洪一さんのことは、私が後から好きになったのだから、わがままは言っちゃいけないって思ってました。でも、靖子さんがそんなことを言うなら、私だって……」

その言葉に、洪一はゆっくりと身体を離した。

「靖子に、何かあるのか？」

「思い切って言っちゃいます。そのホテルで靖子さん、誰と一緒だったと思いますか？」

「誰って、誰かと一緒だったのか」

「山下さんです」

「山下？　もしかして、第二営業部のあの山下か」

洪一は思わず声を上げた。

「ええ」

山下は洪一の大嫌いな男だった。その上、入社以来のライバルでもあった。人の足をひっぱるためなら、どんな汚い手段でも取るような奴だ。上司にはへつらい、同僚には横柄《おうへい》で、後輩には居丈高に振る舞う。どうしてそんな山下と靖子が一緒にいたんだ。

「ただ、偶然に会っただけかもしれないけれど、靖子さんは前に山下さんと付き合ってたことがあるでしょう。だから、ちょっと気になって」

心臓がどくんと鳴った。そんな話、聞いたこともない。

「何だって、付き合ってたってそれ本当なのか」

「えっ、洪一さん、知らなかったんですか」

奈保は驚きの声を上げ、それからひどく後悔の表情を浮かべた。

「ごめんなさい。私、てっきり知ってるとばかり」

「靖子と山下が……」

喉《のど》の奥がひりひりした。

「でも、ずっと前のことだから。私なんかが入社する前のことで、そんな話を先輩から聞いただけだから。どうしよう、余計なことを言ってごめんなさい」

「いや、いいんだ。そうか、そうだったのか」

洪一はショックを受けていた。かなり重症のショックだ。靖子があの山下と付き合っていた？　信じられない。信じたくない。過去のことだとしても、やっぱり寝たんだろう。自分の恋人が、自分のもっとも軽蔑《けいべつ》する男と付き合っていた、それだけで、洪一は想像以上のダメージを受けていた。

　別れる。

その時、洪一は決めていた。

僕は靖子と別れる。奈保にする。


「あの子がそう言ったの？」

「ああ」

洪一はもう完全に頭に血が昇っていて、言葉を濁すなんてやり方はできなかった。

事実を確かめたら、靖子にきっぱりと別れを告げるつもりでいた。

「ええ、山下さんと一緒だったわ。でも、その他に北川さんと仁科《にしな》さんと関さんと守口さんもいたわ。見えなかったのかどうか知らないけれど、みんな一緒だったの。だって第二営業部の飲み会だったんだもの」

肩透かしをくらったような気分になって、洪一は惚《ほう》けた顔で靖子を眺めた。

「それをさも訳ありみたいに言うなんて、あの子、どうかしてるんじゃないの」

「けど、山下と付き合ってたのは本当なんだろう。何でそのこと、僕に黙ってたんだよ」

靖子は目を丸くした。

「付き合ってなんかないわ。山下さんには何度も誘われたけど、その度に断ってたの。でもしつこくて、一度だけ会ったの。会って、きっぱりその気はないってお断りしたの。それだけよ。付き合ってたなんてとんでもない」

肩から力が抜けてゆく。なんだ、と思った。そうか、あの山下の野郎を振ったのか。さすがに自分の見込んだ女だけあって、人を見る目がある。だとすれば、靖子が洪一と付き合い始めたことを知った時、山下はさぞかし悔しい思いをしただろう。それを想像しただけで、洪一はひどく気分がよくなった。

「洪一、あの子の言葉信じたの？」

「まさか、そんなわけないだろう」

洪一は多少狼狽《うろた》えながら答えた。バカだったな、と思った。あの時は奈保の言葉を頭から信用してしまったが、冷静に考えれば、靖子があんな奴と付き合うわけがないではないか。

笑って、これですべて水に流してしまおう。

しかし、靖子はよほど悔しかったらしく、こんなことを言い出した。

「言いたくはないけど、あの子、可愛《かわい》い顔して、何を考えているのかわからないところがあるの。秘書課で最近、不審な出来事が続いているの知ってる?」

「不審なこと?」

「重役の財布がなくなってたり、知らぬ間にタクシーチケットが減ってたりするんですって。そんなこと今まではなかったのに、新入社員が入ってから頻繁に起こってるらしいわ」

洪一は靖子の顔を凝視した。

「まさか、それが彼女だって」

「私だって、そこまで思ってないわ。証拠があるわけじゃないもの。ただ、そういうことが続いてるってことは事実よ」

奈保は今時の若いＯＬとは思えないくらい質素な生活をしている。そういえば少ないお給料の中から月に何万か親に仕送りしていると、以前聞いたことがある。もし、決まった給料だけで足りなかったら。もし、もう少し何とかならないかと考えたら。

いや、しかし、まさか、そんなわけはない。あの奈保に限って、そんなことをするわけがない。

どちらにしても、奈保と別れることは決めたのだ。そんなことはもうどうでもいい。やっぱり僕には靖子がいちばんだ。

「ひどい、いくら何でもあんまりです。私を泥棒扱いするなんて」

奈保は唇を震わせた。いつもの泣き虫の彼女ではなく、今回は心底、怒りに身体《からだ》を震わせている。洪一は慌《あわ》てて否定した。

「いや、君がそうだなんて、誰も言ってないよ」

「でも、新入社員が来てからだなんて、秘書課の新入社員は私ひとりですから」

「あ、いや、その……」

「あの件では私も被害にあってるんです。母親の口座に入金しようと思ってたお金を、引き出しに入れておいたらなくなってしまって、どんなに困ったか。あの犯人はもうわかってるんです。清掃会社から派遣されてたおばさんだったんです。今はもう、その業者の出入りは禁止になってしまったから、盗難は一度も起こってません。上司の方から、大事《おおごと》にしたくないから黙ってるようにと口止めされたから何も言ってませんでしたけど、それがいつの間にか私が犯人になっていたなんて、あんまりです」

「いや、僕も絶対にそんなことはないと思ってたんだ。最初から君のことは信じてたよ」

「また靖子さんですね」

「いいや、違うよ」

「いいんです、靖子さんならそれくらいのこと言いかねません」

「いや、靖子も根っから悪い奴じゃないんだけど、少しおっちょこちょいのところがあるから、きっと何か勘違いしたんだと思う」

「勘違いで済む問題ですか。名誉にかかわることです。私、そこまで言われたのならもう我慢しません。洪一さんのことは靖子さんの方が先なんだから、諦《あきら》めようって思ってたけど、もう引き下がれません」

「いや……あの……」

洪一は困惑していた。こんな状況になるとは思ってもいなかった。

「洪一さんは、社内での靖子さんの評判、知ってるんですか」

「え、いや、どういうの？」

「西太后って呼ばれてるんですよ」

「西太后？」

「どれだけ後輩や新入社員が靖子さんに苛《いじ》められているか。この間も、女の子がひとり辞めたでしょう。広沢さんって、今年入ったばかりの靖子さんと同じ第二営業部の子」

「あ、ああ、知ってるけど」

「靖子さんに苛められたからです。マニキュアの色が派手だとか、制服のスカートが短すぎるとか、ロッカー室に呼び出して正座させるんです。明日でもできる仕事なのにわざわざ残業させたり、会議の時間をずらして教えたり、ほんとひどいんです。そのくせ、先輩ＯＬや上司にはうまく取り入って。こんなこと言いたくはないですけど、本当にこんなことを言う自分が情けないですけど、靖子さん、みんなに嫌われているんです」

洪一は自分でも顔色がなくなってゆくのがわかった。

「嘘《うそ》だろ……」

「知らないのは洪一さんだけです。女性社員の間では、何も知らずに付き合ってる洪一さんが気の毒だって言われてるんですよ」

体育会系のノリがある靖子だ。少し厳しいところもあるだろうと思っていた。しかし、こんな評判がたっていたとは知らなかった。全然知らなかった。

「私が後輩を苛めてるですって。この間、辞めた広沢さんは、オーストリアに留学するからじゃない。その相談を受けて、私もいろいろ調べてあげたりしたわ。辞める時、私に泣いてありがとうって言ったのよ。どうしてそれが苛めになるの。ロッカー室で正座？　私が泣かした？　何の話なの。そりゃあ時々注意はするわ。それが私の役目だもの。そう言えば、この間、ロッカー室で後輩から失恋の相談を受けてたの。その子、しまいに泣いてしゃがみこんでしまったのよ。そうだわ、その時、植田奈保が入って来たわ。それを見たのね。事情も知らずに、そんなことがよく言えるものだわ。あの子言わせてもらうけど、あの子はそういう子よ。勝手に話を作って噂《うわさ》を流すの。あの子の被害にあった人はいっぱいいるわ。ひと月ほど前、総務の課長と秘書課の井出さんの不倫の噂が持ち上がったことあったじゃない。重役にまで広がって大変な騒ぎになったでしょう。あれだって、あの子が流したのよ。休暇願いのことで、先輩の井出さんにちょっと注意を受けたものだから、それを恨みに思って話をでっちあげたのよ。

あの子はそういう子なのよ。怖い子なの。洪一は何も知らないのよ」

「違います。私、そんなことしてません。ええ、総務課長と井出さんの噂は聞きました。同僚の子に聞かされて初めて知ったんです。私じゃありません。知ったのはずっと後です。井出さんを私が恨んでる？　まさか。井出さんには妹みたいに可愛がってもらってます。どうしてそんなことになっちゃうんですか。靖子さんが私を嫌っているのは知ってます。洪一さんのこともあるから、色々と言われることも仕方ないって思ってます。でも、それはプライベートなことでしょう。なのに靖子さんは、仕事にそれを持ち出して来るんです。洪一さんには言ってなかったですけど、この間、契約書の決裁があって、専務の印を押したのを靖子さんに渡したんです。確かに渡したのに、靖子さん、翌日になって受け取ってないって言うんです。受け取った時はニコニコ笑って『ご苦労様』なんて言ってくれたのに。もちろん私は専務から叱《しか》られました。その後で、契約書がファクシミリの破棄用紙の中に捨ててあるのを見付けたんです。ひどい、と思いました。靖子さん、ひどいって」

「契約書？　受け取ってないわよ。あの子が自分で間違えて捨てたのを、私のせいにしようとしているのよ。私、正直言ってあの子には本当に参っているの。秘書課の中でもそうらしいわ。みんな内心では早く辞めて欲しいって思ってるんじゃないかしら。遅刻は多い、無断欠勤はする、お昼は時間を過ぎても戻らない。そういう子なのよ。洪一が私と別れるというのなら仕方ないわ。でも、あの子だけはやめて。洪一の評判を落とすだけよ」

「私、洪一さんのことは諦めます。靖子さんから嫌がらせを受けるのにも疲れました。遅刻？　それは神経性の胃炎で出社前に病院に通ってたことを言ってるんでしょう。もちろん、上司からの許可はもらってあります。お昼休みはよく役員からおつかいを頼まれて、定刻に帰れないこともあります。秘書課の人はみんなちゃんとわかってくれてます、それが仕事だってことは。ねえ洪一さん、洪一さんと別れるのは仕方ないと思ってます。でも、これだけは信じてください。靖子さんの言うことをみんな信用しないで。靖子さんの本当の姿を知って欲しいんです。ごめんなさい、こんなこと言ってはいけないことですよね、でも私、洪一さんが騙《だま》されているのを黙って見ていられないんです」

「洪一、いい加減にして。あの子の言ってることにどれだけ惑わされれば気が済むの。いったいどっちを信じるの。あの子と私、どっちを取るの？」

「洪一さん、それでいいんですか。本当に靖子さんでいいんですか。それで幸せになれるんですか。後悔しないんですか」

何なんだ。

どういうことなんだ。洪一にはわからない。何が何だか、さっぱりわからない。

いったい、どっちが本当なんだ。

まさか、と思う。そんなことあるはずがない。けど、どうだ、あのふたりの言い分は呆《あき》れるくらいに筋が通り、真っ向から対立している。そのふたつのあまりに正当な言い分に恐怖さえ覚える。

洪一にはわからない。

本当のことなんて、何もわからない。

どうしていいのかわからない。

僕の愛《いと》しい人

僕の言っていることは、そんなに間違っているだろうか。そんなに理不尽なことだろうか。

千晶《ちあき》が俯《うつむ》いたまま肩を震わせている。その様子を僕は途方に暮れる思いで眺めている。

「何度も言うけれど、愛してるのは君だけだ。これからどんなことがあっても、君だけを愛し続ける。神にだって悪魔にだって誓う。だから、わかってくれないか」

千晶がいやいやというように小さく首を振る。

「僕は千晶から一生離れない。千晶のことは必ず守る。千晶の両親の借金だって返してみせる。君さえ首を縦にふってくれたら、僕はそれができるようになるんだ」

千晶が唇を嚙《か》む。

「愛している。本当だ。千晶を一生愛し続ける。だから頼む、わかってくれ」

僕は辛抱強く、同じことを繰り返した。けれども言えば言うほど、千晶は心を強《こわ》ばらせてゆく。

やがて千晶が涙に満ちた目で、僕を見上げた。

「どうしても、あの人と結婚するの？」

「ああ」

僕は短く答え、視線を膝《ひざ》に落とした。

「いやよ、そんなのいや。私を愛しているなら、そんなことできるはずがないわ」

「違う、愛しているからそうするんだ。彼女との結婚は僕と千晶のためだ。そうすることがいちばんいい方法なんだ。たとえ彼女と結婚しても僕の気持ちは変わらない。愛するのは千晶だけだ。信じて欲しい」

「嘘《うそ》よ、信じられない」

「千晶以上に、愛せる女なんかいるはずがないじゃないか」

千晶は顔をそむける。

僕は言い募る。

「結婚なんて、所詮《しょせん》、社会が勝手に決めた仕組みだろう。形だけのことだ。僕と千晶との愛情はそんなものとは関係ないところにあるはずだ。大切なのは気持ちであって、制度じゃない。僕が愛してるのは千晶だけだ。一生、千晶ひとりだ」

千晶は顔を覆《おお》って泣き崩れる。

これ以上、どう言えばいいのだろう。どうしたらわかってもらえるのだろう。

僕は頭を抱えた。言っていることは嘘ではなかった。僕は、本当に、心からそう思っている。千晶だけを愛し続ける。

なのに、千晶はわかってくれない。こんなに愛しているのに。何があっても、誰と結婚しても、僕の愛は千晶だけのものなのに。


努力は美しいことだと親から教えられて来た。

小柄で体力もない僕だったが、努力してサッカーの選手に選ばれた。僕なんかには荷が重すぎる生徒会長だったが、努力して務めを果たした。理数系は苦手で苦労したが、努力して一流大学に合格した。小さい時から、僕はいつだって努力し続けて来た。

そうして知ったのは、世の中にはどんなに努力しても決して手に入らないものがある、ということだった。

僕は第一志望の会社に入ることができなかった。僕の努力が足りなかったのなら納得できる。しかし蓋《ふた》を開けてみると、必要なのは努力ではなく、コネや要領のよさだった。

僕は愕然《がくぜん》とした。そういうものなのか、世の中ってそんなふうに成り立っているのか。

その時は確かに失望した。挫折《ざせつ》も感じた。けれども、いつまでもクサっていてはいけないと自分を励まし、入社した会社で頑張ろうと気持ちを切り替えた。

しかし、本当に思い知らされるのはそれからだった。入社して五年。現実は、呆気《あっけ》なく僕を打ちのめした。

僕の苦労して得た成果は、いつの間にか上司の功績にすり替えられていた。仕事を頑張れば、先輩社員たちの反感を買った。まじめにやれば後輩たちにうとんじられ、出世の道が開かれるのは、口ばかり達者な狡猾《こうかつ》な奴《やつ》と決まっていた。

僕は努力した。頑張った。無理に愛想笑いも浮かべたし、理不尽な要求にも応《こた》えたし、下げたくない頭も下げた。さぼることしか考えてない同僚から、あいつは付き合いが悪いとか、面白みのない奴だと小馬鹿《こばか》にされても反論したりはせず、謙虚に振る舞った。けれども、そういった僕の努力はことごとく空回りした。

千晶とは三年前に知り合った。

彼女は晩飯代わりに時々行く居酒屋でアルバイトをしていた。

僕はあまり飲まないが、その日は会社でちょっとイヤなことがあり、すっかり悪酔いしてしまった。そのせいでビール瓶を持つ手が滑り、床に落としてしまった。

僕は自分の失敗と恥ずかしさでしばらくぼんやりした。そんな僕に文句も言わず、手早く後始末をしてくれたのが千晶だった。

千晶は柔らかくほほ笑みながら「怪我《けが》はしませんでしたか？」と尋ねた。

それがきっかけで僕たちは親しくなった。もしかしたら、都会の中で、僕も千晶も自分の居場所をうまく見つけられずにいたのかもしれない。たぶん似たもの同士だったのだ。僕たちはたちまち恋におちた。

きっかけは安易だったかもしれない。けれど、僕は付き合い始めてすぐ自分の幸運を感謝した。千晶は美しく、優しく、控えめで、少女のように純粋で、豊かな肉体をしていた。

千晶は僕より五歳年下で、二年前、美術系の専門学校を卒業していた。

絵本作家になる夢を持っていた。高校生の時、投稿で賞をとったことがあるそうで、今も作品を出版社に持ち込んでいるらしいが、ほとんど門前払いをくわされていた。

それでも千晶は一生懸命だった。時折、女性雑誌などに小さなカットを描いていたが、もちろん仕事などと呼べるほどのものではなく、生活のために居酒屋の他にもいくつかアルバイトをやっていた。

僕の両親は今も田舎にいる。父は個人タクシーをやっていて、母は近くのスーパーでパートをしている。三歳下の妹は信用金庫に勤めていて、半年前に同僚と結婚した。今は妊娠四カ月だ。

自分で言うのも何だが、いい家族だと思う。人を陥《おとしい》れたり、裏切ったりすることを恥だと感じる精神を、今もきちんと持ち続けている。努力はすべてそんな両親から教わった。

先日、父のタクシーがトラックに当て逃げされた。客を乗せていなかったことは幸いだったが、父の首と背中には大きなダメージが残り、しばらく入院生活が続くという。

当て逃げということで加害者からの補償はない。父はすでに六十歳を越えている。もしかしたら、再び運転手の仕事に戻るのは無理かもしれないと聞かされた。

その時、どうして父が、と憤《いきどお》りで身体《からだ》が熱くなった。まじめに一生懸命働いている父が、どうしてそんな目に遭わなければならないのか。神様はいったい何を見ているんだ。

大したことはできないが、僕は毎月三万円、ボーナスの時は十万円の仕送りをしている。事故のこともあって、本当はもう少し何とかしてやりたいのだが、まだ入社して五年の平社員だ、給料なんてたかがしれている。ましてや今はこんなご時世で、残業代も経費も削られる一方だ。これが精一杯の状況だった。

その上、僕自身、リストラの対象社員として名前が挙がらないよう、常に気を遣っていなければならない。社はリストラにかけた社員に対しては、電話を取り次がないとか、話し掛けても返事をしないとか、そんな子供じみたやり方で、追い詰めるように、徐々に孤立させてゆくのだった。

いつまでも社の雰囲気にうまく溶け込めない僕がこうして残っていられるのは、今のところ業績がいいからだ。しかし、ちょっと失敗すればすぐさまリストに載せられるだろう。同僚たちはそれを待っている。負けてはいられない。すべては仕事の結果で決まる。僕は無能な上司の倍は働いていると思っているが、リストラの総括責任者はその無能な上司なのだった。

千晶の両親は、田舎でメリヤス工場をやっている。

従業員十人にも満たない小さな会社だ。今は千晶のお兄さんが跡を継いで社長になっている。

その工場の経営も芳《かんば》しいものではなかった。寝る間も惜しんで機械を動かしても、毎月手形を落とすのがやっとというような状態と聞く。少しでも足しになるよう、千晶もまた、大した収入があるわけではないのにちょくちょく金を送っていた。

先日のことだ、夜遅い時間に、千晶が泣きながら僕のアパートにやって来た。驚いて何があったか尋ねると、千晶は肩を細かく震わせ、告白した。

たまに仕事を頼まれる相手に、むりやりホテルに連れ込まれそうになったという。

「断るんなら、この世界で芽の出ないようにしてやる」

そんな脅迫とも言える言葉を浴びせられたと、千晶はまだ恐怖が抜けやらぬ面持ちで、子供のように僕にしがみついた。

千晶の華奢《きゃしゃ》な肩を抱き締めながら、僕は怒りで砕けるのではないかと思うほど奥歯を噛み締めた。

僕も、千晶も、僕の両親も、千晶の両親も、一生懸命努力して来た。決して大それた望みを持っているわけではなく、ほんのささやかな幸福の中で暮らしたいだけだ。けれども、そのわずかな望みさえも手に入れられない。不運や不幸は、まるで地回りヤクザのように弱い者を食い物にする。

　あの日のことは、ひとつの運命と呼んでいいような気がする。

　僕が真帆子《まほこ》を助けたあの日のことだ。あの日を境に、僕の、いや僕と千晶との運命が、思いがけない方向に回り始めた。


「式はいつにするんだ？」

　テーブルの向こうで、真帆子の父親の近藤が見事な霜降り肉を口に運びながら尋ねた。

　テーブルの真ん中の分厚い鉄鍋《てつなべ》から湯気が上がっている。すき焼きと言っても、入っている肉の質も具の種類も豪勢で、僕が時折、アパートで千晶と食べているものとはまったく違う料理に見えた。

「年内にはって思ってるの、ね」

　真帆子が振り向き、同意を求める。

「ええ、僕もそのつもりです」

　僕は箸《はし》を置き、慎重に頷《うなず》いた。

「それで、いつ今の会社を辞める？」

　近藤がビールのグラスを口に運び、鼻の下についた泡を獰猛《どうもう》な舌で舐《な》め取っている。

「来月中には、と思ってます」

ようやく近藤が満足そうにほほ笑んだ。

「そうか、君のポストはもう用意してあるんだ。何も心配することはない。給料だって、今の倍は出してやる。だから、一日でも早くうちに来てくれ」

「ありがとうございます」

僕は卑屈にならないよう気をつけながら、丁寧に頭を下げた。

「そんなことより、私、ハネムーンはパリがいいな」

「真帆子ったら、まだ式の日取りも決まってないのに」

母親の敏江《としえ》が近藤の隣で苦笑している。指には、大きな緑色をした指輪が光っている。何という宝石か知らないが、僕の今の給料の何十倍もする代物《しろもの》に違いなかった。

「ねえ、パリはいいや？」

「真帆子さんがいいなら、僕はどこでも」

僕はほほ笑んで答える。

「おいおい、あまり女房を甘やかしちゃいかんぞ。でないと、俺のようになる」

近藤が上機嫌で僕をからかう。口ではそんなことを言っていても、もし、僕が真帆子に横柄《おうへい》な態度をとれば一喝されるだろう。

近藤は都下にガソリンスタンドを十店舗ばかり、貸しビルとサウナも数軒持っている。中学しか出ていない叩《たた》き上げで、すべてを一代で築いた。資産は二十億は下らないと言う。

その娘の真帆子と、まさかこんな形で付き合うようになるとは思ってもみなかった。半年前、たまたま真帆子が無灯火の自転車に引っ掛けられる場面と遭遇した。真帆子は倒れ、自転車は逃げた。僕は慌《あわ》てて駆け寄った。

「大丈夫ですか？」

情けないが、僕は腕力には自信がない。もし彼女が、風体の悪い男たちに絡《から》まれていたとしたら、交番に走るくらいしかできなかったろう。

若い女の子が自転車にぶつかられ、足を押えて蹲《うずくま》っている。それくらい誰でも助けてやれる。僕は、彼女に肩を貸し、すぐ近くだという自宅まで送って行った。自宅が大きな屋敷で驚いたが、それだけのことだ。ささやかな自己満足に浸れて、こっちの方がお礼を言いたいくらいだった。

請《こ》われて渡した名刺から、真帆子が会社に電話を掛けてきた。その時から、少しずつ、事情は変わって行った。

真帆子は世間知らずのお嬢様育ちのせいか、あまり思慮深い女の子というわけではなさそうだった。というのも、僕に助けられたことを、特別の出会いと思い込んでしまったからだ。

お礼の食事に誘われた。とりあえず遠慮したが、食い下がられて付き合った。それから彼女は頻繁に連絡をよこすようになった。

確かに、僕の気持ちの中にやましさがなかったとは言えない。千晶という大切な恋人がいるにもかかわらず、真帆子から誘われて少し有頂天になったのも本当だ。

真帆子はバービー人形みたいな華奢な身体をしていて、高価なブランドを当たり前のように身につけていて、デートの時は贅沢《ぜいたく》なワインを躊躇《ちゅうちょ》することなくオーダーし、そしてそのことに何の悪気も疑問も持たない女だった。そんな生活を、僕は今まで経験したことがなかった。

「あなたって、不思議な人」

真帆子はよくそう言って笑った。

「ちっとも欲がないんだもの」

僕は黙った。真帆子は誉めたつもりかもしれないが、どこか侮辱されているように感じた。そう感じること自体に、自分と彼女の生活の違いを思った。

「あなたみたいな男の人、初めてよ」

そうだろう。僕みたいな男が、真帆子のそばにいるはずがない。いても、真帆子の目に止まるはずがない。あのささやかな偶然がなければ、一生、関わることなどなかった相手だ。

僕は適当に真帆子に合わせた。所詮《しょせん》、お嬢様育ちの彼女の気紛《きまぐ》れに付き合わされているだけだろうと思っていた。

しかし自宅に招待され、両親に紹介された頃から、事態は徐々に僕の予想を越えるようになっていった。

僕の学歴や、素性をしつこく聞かれた。その時はまだわからなかったが、僕は値踏みされたらしい。つまり真帆子の夫として、近藤の跡を継ぐ者として、ふさわしいかどうかということだ。

何回目かの招待を受けた後、近藤が言った。

「君は今、自分が勤めている会社に満足してるのか？」

そこにどんな意味が隠されているのかわからず、僕はすぐには答えられなかった。

「聞き方を変えよう。君は自分が会社でどこまで出世できると踏んでいる？　課長か？　部長か？　たとえそこまで出世したとしても、それで何が得られると思う？」

僕は近藤を見つめ返した。

「出世だけを求めているわけではありません」

「満足感か？　達成感か？」

僕は黙った。

「早い話、俺が言いたいのは、たとえ君がどれだけ成果を上げようとも、所詮、給料は決まっているということだ。儲《もう》けるのは君ではなく会社だ。ましてや会社という組織の中では、力は公平に評価されるものではない。働きがなくともいい思いをする奴《やつ》らはいっぱいいる。いや、そういう奴らがほとんどだ。いいことを教えよう、一生懸命働く者は認められるのではなく、働き蟻《あり》にさせられるだけだ。それが組織というものだ」

近藤がソファに深くもたれて、僕の反応を窺《うかが》っている。

「俺は学がない。それでもチャンスに恵まれてここまで来た。君には学がある。しかし、どうやらチャンスはないらしい」

近藤の言う通りだと思った。しかし、僕にも自尊心はある。

「どういう意図でそんなことをおっしゃるのか、僕にはよくわかりません」

「簡単な話だ。真帆子はひとり娘だ。俺の跡継ぎになる男を探している」

「それに僕を？」

「ああ」

「質問してもいいですか」

「構わんよ」

「どうして僕なのですか？」

「まず、真帆子が君に惚《ほ》れているということがある。それから、俺は君を見てきた。君は頭がよくて、努力家でもある。俺は頭がいいだけでも、努力家だけでも評価しない。そのふたつが揃《そろ》っていなければ、人の上には立てない。さっきも言ったが、今、君にないのはチャンスだ。そのチャンスを俺は君にやってもいいと考えている」

僕は黙った。

すぐ断らなければならない。そんなつもりで真帆子と付き合っていたわけじゃない。僕には千晶がいる。千晶といずれ結婚する約束をしている。

しかし、僕はそれを口にすることができなかった。言おうとするのだが、胸の奥の何かが僕を押し止めるのだった。そんな僕の心を見通すかのように、近藤の言葉は追い打ちをかけた。

「君のことは調べさせてもらったよ。優秀さと勤勉さでは、文句のつけようがなかった。会社での業績も評価できる。条件はふたつある。ひとつはうちに養子に入ること。

もうひとつは、身辺を整理することだ。言っている意味はわかるな」

僕は足元に視線を落とした。

「長男の君を養子にもらうんだ。田舎の両親や妹夫婦に不自由な思いをさせないくらいのことはちゃんと考えている。君の働きにもよるが、少なくとも、今の会社よりずっと満足できるものを与えられるはずだ」

近藤の自信に満ちた目に射られるように、僕は僕の靴より高価であろうスリッパの先ばかりを眺めていた。

「もういいわ、別れればいいんでしょう」

千晶が泣きじゃくりながら言う。

「違う、そうじゃない、お願いだ、別れないでくれ」

僕は激しく首を振る。

「僕だってつらいんだ。できれば、いちばん愛している千晶と結婚したい。それでみんなが幸せになれるんだったらそうした方がいいに決まっている。けれど、そうならないんだよ。どれだけ努力したって、このままじゃ僕は働き蟻にさせられる。千晶だって、絵本作家どころかアルバイトに振り回されるだけだ。僕の両親も、千晶の両親も、金の工面に疲れ果ててゆく。そんな人生、僕たちを壊してゆくだけだ」

「お金のためってこと？」

僕は少し躊躇した。

「確かにそれもある。でもそれだけじゃない。正直言えば、自分の力を試してみたいという思いもあるんだ。こんなチャンスは、そうそう巡り合えるものじゃない。できるならやってみたい」

千晶が目を伏せる。

「あなたなら、きっとやれるわ」

「うん、頑張るよ」

「今までが不運だっただけ。あんな会社でこき使われているような人じゃないって、ずっと思ってた」

「これから始まるんだ、何もかも」

「だから別れるわ。あなたはあなたの人生をゆけばいいんだから」

僕は頭を掻《か》き毟《むし》った。

「ああ、違うんだ、そうじゃないんだ。千晶がそばにいてくれるからこそ、やれるんだ。千晶が僕と別れるというのなら、僕は彼女と結婚する必要なんかない。一生働き蟻でいい」

千晶が脱力したようにうなだれる。

「もう、やめて」

「いや何度も言うよ。僕が愛しているのは君だけだ。これからだって、君を愛し続ける」

「あなたの言ってること、私にはわからない」

「千晶、どうしても結婚しなくちゃだめなのか。結婚でしか、僕の愛を証明することはできないのか」

千晶は黙り込む。

「愛しているんだ、千晶」

僕は千晶に手を伸ばす。千晶はいくらか抵抗したが、じきに僕の腕の中で柔らかく崩れた。

「お願いだから、どこにも行かないでくれ」

僕は千晶の甘い匂《にお》いがする髪の中に顔を埋める。それから、耳といわず目といわず唇を這《は》わせ、ゆっくりと服を脱がしてゆく。

千晶とのセックスはいつも最高だ。

僕たちの身体《からだ》は重ね合った瞬間、ジェルのように溶け合う。僕は千晶とセックスすることだけで十分に喜びに満ちる。千晶の身体が、快感で小さく打ち震えると、僕はあまりに愛《いと》しくて、このまま殺してしまうのではないかと思う時がある。千晶が、僕から離れてゆくなんて想像もつかない。それを考えただけで狂ってしまいそうだ。

僕はもちろん、真帆子とも寝る。

真帆子の胸や腰は、千晶の半分くらいしかない。真帆子は僕に「セックスがうまい」と言ってくれるが、少しも嬉《うれ》しくなかった。僕にとって、真帆子とのセックスは与えられた仕事だ。真帆子を喜ばすことが仕事となれば、僕は努力する。たぶん千晶との違いは、この努力という点だろう。もちろん、僕は努力を惜しむつもりはない。これからだって、真帆子が望めば、いつだって満足させるセックスをする。

会社を辞めて、義父となる近藤の下で新しい仕事を始めた。仕事は大変だったが、前にいた会社より百万倍は楽しかった。人付き合いはうまい方ではないが、近藤に認められているということで、誰もが僕に対して一目置《いちもく》いてくれた。その期待に応《こた》えるためにも、僕は夢中で仕事を覚え、誠実に仕事をこなした。

千晶は、とりあえず納得してくれたものの、やはり気持ちに不安定さがあり、会っていても、はしゃいでいたかと思うと急にふさぎ込んだり、泣きだしたりした。時には、タガがはずれたように僕を罵《ののし》り、「死にたい」などと呟《つぶや》くこともあった。僕はそれらを根気よく受けとめた。

前の会社の退職金と近藤から受けた支度金で、ぎりぎりだった千晶の実家の手形を落とすことができた。僕の実家の生活費にも回せた。千晶を風呂《ふろ》なしの傾いたアパートから、1ＬＤＫの新しいマンションに住まわすこともできた。

「これで、好きなだけ絵を描けるよ」

その時から、千晶はもう何も言わなくなった。

僕は真帆子と結婚した。

華やかな結婚式だった。期待してる、いい跡継ぎになれ、と列席者の面々に肩を叩《たた》かれ、僕は胸を張って「努力します」と答えた。

田舎の両親と妹夫婦はすっかり圧倒されたように、式場の隅にちんまりと座っていた。

お祭騒ぎのような式と披露宴を終えて、真帆子の希望通りパリに二週間という新婚旅行に出かけた。真帆子は想像以上にタフで、買物と食事と観光に毎日付き合わされた。その上、夜にはセックスを課せられる。僕は疲れ果てていたが、仕事には手を抜かない主義だ。

真帆子の目がない隙《すき》を狙《ねら》って、パリから何度か千晶に連絡を入れた。仕方ないだろうが、千晶の声は沈んでいた。

「もう少しの辛抱だからね。帰国したら、真っ先に千晶のところに帰るよ」

「ええ、待ってるわ」

回線の調子が悪いのか、波のようなノイズが入っている。

「ねえ、もしかしたら赤ちゃんができているかもね」

唐突に言われて、僕は絶句した。

「あなたたちふたりの赤ちゃん」

「いや、まさか、そんなことはないよ」

慌《あわ》てて否定したが自分の声が狼狽《うろた》えているのがわかる。

「私ね、ずっと考えていたの」

「何を？」

「どうせ奥さんになれないのだから」

「千晶……」

「あなたの子供になれたらいいのにって」

言っていることがうまく理解できず、僕は再び黙った。

「そうしたら、一生そばにいられるでしょう。子供なら手をつないでも、一緒のベッドで眠っても、誰にもとやかく言われないわ。もし生まれ変わるなら、あなたの子供がいい」

「だけど、そうしたら僕は千晶を抱けなくなる。それは困るよ」

冗談めかして言ったが、千晶からの答えはなく、風に似た、かすかな笑い声が耳を通り過ぎて行った。

「愛してるよ、千晶。心から愛してる」

「私もよ、私にはあなただけ」

「早く会いたい」


ところが、帰国すると挨拶《あいさつ》回りやら、新居の整理やらで、結局、千晶の待つマンションに帰ることができたのは一週間もたってからだった。

久しぶりに会える嬉しさで、僕はわくわくしながらチャイムを押した。しかし、返事はない。出掛けているのだろうか。昼間、電話した時も出なかった。もしかしたら一週間も約束が延びたことを拗《す》ねて、わざと出ないのかもしれない。仕方なく、僕は合鍵《あいかぎ》を使って部屋に入った。

居間は電気が消えていた。スイッチをつけると、千晶らしくきちんと整理された様子が見て取れた。空気が床に冷たく沈んでいて、人の気配はなかった。

がっかりして寝室のドアを開けた。そこで僕は思わず笑ってしまった。

「なんだ、いるんじゃないか」

千晶が寝室のベッドに横たわっている。

「意地悪だな。僕をからかってるつもりかい。会いたかったよ、千晶」

僕は近付き、ベッドに腰を下ろして千晶に口づけた。

「おみやげがあるんだ。女の子にすごく人気のあるハンドバッグなんだってさ。きっと千晶によく似合うよ。さあ起きて、機嫌を直して、僕にキスしてくれよ」

けれども、千晶はどうしても目を覚ましてはくれないのだった。

「千晶」

動かない。

僕は千晶の身体を揺さぶった。

いったい何が起こったんだ。

どういうことなのか、すぐには理解できなかった。

小さなテーブルに乗っている、空になった瓶とグラスが目についた。すっと背中が粟立《あわだ》った。

「千晶、千晶」

そんなはずはない、冗談はやめてくれ。

それを呪文《じゅもん》のように繰り返しながら、僕は徐々に冷静さを失い、激しく揺さぶり続けた。しかし、二度と千晶が目を開けることはなかった。


僕は、そんなにひどいことをしたのだろうか。千晶をそれほど苦しめたのだろうか。

ベッドの脇《わき》でうずくまり、嗚咽《おえつ》しながら考えた。

「どうしてこんなことになってしまったんだ。こんなに愛しているのに。一生、愛し続けるってあれほど言ったのに。どうしてなんだ、千晶」

愛する気持ちに嘘《うそ》はなかった。ただ、結婚という形をとらないだけだ。結婚していても、愛のない夫婦など山のようにいる。それに比べたら、たとえ結婚しなくても愛のある関係の方がよほど純粋ではないか。そのことを、わかってくれたのではなかったのか。

翌日から、僕は時間の許す限り千晶のマンションを訪れた。

真帆子はいくらか不審がっているようだったが、「将来のために、経営学の勉強に通い始めたんだ」と言うと、感激したような表情で「大変ね」と納得した。彼女があまり賢くない女であることに、この時ばかりは感謝した。

ドアを開けるたび、もしかしたら千晶がいつものように笑顔で迎えてくれるのではないかと期待したが、同じ姿勢のままベッドの中にいた。

けれども、そのことに失望したのは最初だけだ。すぐに、それでも構わないと思えるようになった。ここにいるのは確かに千晶だ。それだけでいいではないか。千晶に会えるだけで幸せだ。

僕は千晶に顔を寄せて、生きていた頃と同じように語り続けた。

「愛してるよ、千晶。一生愛し続ける。僕の気持ちは変わらない」

千晶が死んでいることは理解していた。僕は狂ったわけじゃない。それでもここに来るのが楽しかった。ここに来れば千晶がいる。そう思えばこそ、毎日を頑張れた。

しかし、千晶は少しずつ変わり始めていた。死後硬直が解けてしばらくすると、身体は傷《いた》み始め、異臭も漂うようになってきた。

このままでは、じきに周りに知られてしまうだろう。それでは困る。そうなれば千晶を失ってしまう。千晶を誰にも渡したくなかった。いつまでも、僕だけの千晶でいて欲しかった。

翌日、僕は大型の冷蔵庫をマンションに届けさせた。それから鋸《のこぎり》やナイフもいくつか種類を揃《そろ》えて買って来た。

部屋で、僕は千晶を見下ろした。愛しい千晶。美しい千晶。それから決心して、掛けてある布団《ふとん》をはぎ、着ていた服を脱がせて全裸にした。傷み始めているとはいえ、千晶の身体は豊かなままだ。乳房の形もまだ崩れてはいない。恥毛も瑞々《みずみず》しく潤《うるお》っている。

僕は千晶を抱いた。こんなにも切なく興奮したセックスをしたのは初めてかもしれない。僕は何度も射精した。千晶もまた身体を震わせてのぼりつめているように感じた。

そうして終わった後、その姿を忘れることのないよう長い間見つめ、抱き上げて風《ふ》呂場《ろば》へと運んだ。

二カ月、かかった。

千晶は完全に僕のものになった。というより、僕と千晶は一体になった。今はすでに、僕の身体の隅々にまで千晶が存在している。千晶もきっと満足してくれているだろう。もう、僕たちは二度と離れない。一生、一緒にいよう。

僕と千晶がひとつになると、マンションは必要なくなった。不動産屋で解約し、中にあったものはすべて処分した。

当然のことだが、千晶の田舎への送金は怠るようなことはなかった。それが続く限り、たとえ姿は見られなくてもどこかで元気で暮らしていると、田舎の家族は思っているだろう。

「十週目に入ったところですって」

いくらか恥じらうように真帆子から妊娠を告げられた。ちょうど、自宅のソファで向かい合って紅茶を飲んでいる時だ。

僕は驚き、しばらく真帆子の顔を眺めた。それから考えた。計算する必要もなかった。その妊娠は間違いなく、僕と千晶が一体になってからのセックスで誕生した命だった。

そのことを確認すると、喜びに身体が熱くなった。

千晶が帰って来る。僕の身体の細胞となり、それが真帆子の身体に渡り、ひとつの命となってここに帰って来る。

「嬉《うれ》しくないの？」

その声に、僕は我に返った。

「まさか。あんまり嬉しくて、ついぼんやりしてしまった」

真帆子が、ふふと小さく笑って肩を竦《すく》めた。

「ねえ、どっちがいい？」

間髪入れず、僕は答えた。

「女の子だ」

「どうして？」

「どうもこうも、女の子に決まっている」

「パパは、きっと跡継ぎになる男の子を欲しがるわ」

僕はソファから立ち上がって、真帆子の前に跪《ひざまず》き、まだ少しも膨らみを帯びていない腹に顔を押し当てた。

「誰が何と言おうと関係ない。生まれてくるのは女の子に決まっているんだ」

千晶が帰ってくる。早く会いたい。早くその姿を、その顔を、僕に見せてくれ。

「待遠しいよ」

「今からそんな親馬鹿《おやばか》じゃ先が思いやられるわね」

真帆子の笑い声が頭上から降り注いでいる。

僕はただ腹の中に向かって、千晶の名前を何度も呼び続けた。

バス・ストップ

「今夜、お帰りは？」

玄関先で、杏子《きょうこ》が尋ねた。

三和土《たたき》には丁寧に磨かれた靴が並べられている。木島はそれに足を滑り込ませながら短く答えた。

「遅くなる」

「そう、気をつけてね」

杏子は穏やかだ。頬には柔らかな笑みさえ浮かべている。

「いってらっしゃい」

肩ごしにわずかに頷《うなず》き、家を出ていつものようにバス停に向かう。

今ではもう、一年前のあの狂ったような杏子の言動に苛《さいな》まれていたのが夢のようだった。

あの時のことは、今、思い出してもぞっとする。

どこに行くの。誰と会うの。本当に仕事なの。家にも帰れない仕事って何なの。嘘《うそ》はもういいの。本当のことを言って欲しいの。言えないの。言えないのね。言えないようなことをあなたはしているのね。

奈美《なみ》との関係がバレたあの日のことだ。杏子は木島を責め、泣き、喚《わめ》き、暴れた。あの日から狂気じみた日々が続いた。

杏子の狂気に殺意すら感じた。本当に杏子の気が狂うか、自分が殺されるか、そこまでいくしかないのではないかと思えるような状況が繰り返された。

何も奈美が初めてというわけではない。それまでも小さな浮気は何度かあった。杏子との諍《いさか》いはその度に起こったが、生活を破綻《はたん》させるようなことはなく、木島が詫《わ》びを入れたり、時には抗議を無視するというやり方で何とかうまく収まって来た。ところが、今度の場合はそう簡単にはいかなかった。

今まで許して来たことをどうして今回に限ってここまで騒ぎ立てるのか、実際のところ、木島にはよく理解できなかった。

「もう限界なのよ。わからないの。もう我慢できないの。許せないのよ」

さすがに娘の由佳《ゆか》の前では平穏を装《よそお》っていたが、杏子は身体《からだ》の中に常に沸騰《ふっとう》した内臓を抱えていて、ふたりになると激しい口論が繰り返された。

さすがの木島も覚悟を決めた。杏子とは離婚しよう。娘のことは気掛かりだが、こうなった以上別れるしかないだろう。この際、若い奈美と新しい人生を始めるのも悪くない。実際、奈美も自分と結婚したがっている。

そんな結論に辿《たど》り着こうとしている木島の思いを察したのか、興奮の後に惚《ほう》けたような一時期を過ごすと、杏子はまるで憑物《つきもの》がおちたように模範的な妻としての役割を果たし始めた。

結局のところ、離婚話はそれでうやむやになってしまった。


冬の空気が襟元から入り込んできて、木島は思わず首を縮めた。バス停にはいつもと同じ顔触れが並んでいる。朝から疲れた顔をした覇気のないサラリーマンたちだ。ろくな朝飯も食べてないのだろう。情けないな、と思った。

毎朝、食卓には朝食と呼ぶにはかなり手のこんだ料理が並ぶ。焼き魚に卵料理、ちょっとした煮物もある。紀州の梅干しと相模《さがみ》のじゃこはわざわざ取り寄せている。あとは海苔《のり》の佃煮《つくだに》に漬物。味噌汁《みそしる》の具は毎日変わる。朝飯が一日の活力になるのは本当だな、と朝食に食った甘鯛《あまだい》の干物の骨が奥歯に挟まっているのを舌先でつつきながら、つくづく思う。

夕食の方は、自宅でとるのはたまにしかないが、それもうまい。和食好きの木島の好みをよく心得ていて、刺身や煮物や焼物を並べる。この一年の間で、杏子は料理の腕を相当上げた。亭主の胃袋を摑《つか》んでおけば必ず家に戻る、という俗諺《ぞくげん》を信じているのだろう。

食事だけでなく、どれをとっても杏子は感心するほどきちんと行なっている。元々主婦が身についた、というよりそれしかやれない女だが、トイレや洗面所や風呂《ふろ》場《ば》が汚れているようなことはまずないし、ベッドのシーツは常に糊《のり》がきき、枕《まくら》カバーは二日に一度替えられる。木島が着てゆくスーツは、シャツとネクタイと靴下がコーディネートされ、起きた時にはすでにハンガーに吊《つる》されている。ハンカチやティッシュも用意されて、財布の中には、減った分だけの金も入っている。

以前は、服が欲しいとか、化粧品を買いたいとか、奥さん連中との旅行に行きたいなどとうるさく言ったりもしたが、今はそれもなくなった。給料は家計分だけ現金で杏子に渡し、あとの管理は木島自身がしていて、小遣いとして使う金に文句を言うこともない。

そのどれも、夫である木島の気持ちを取り戻そうとしてのことだとわかっている。

奈美と今も続いていることを知っているのか知らないのか、杏子は何も言わないが、たぶんこういうのを納得ずくというのだろう。杏子がそれでいいのなら、もちろんそれでいい。それどころか、木島にとってこの上なく有り難い状況だ。

時折、そんな杏子に対してある種の感慨を持つことはある。しかしそれは後ろめたさというより、同情のようなものだ。

正直に言おう。いかに杏子が妻としての役割を完璧《かんぺき》に果たそうとも、気持ちが戻ることはない。杏子はもう女ではない。欲情するどころか、触れる気にもなれない。けれども、こう考えている自分もいる。今の生活もこれはこれで悪くない。家に帰ればうまい飯があり、心地よい寝床が待っている。隅々まで整った家。文句ひとつ言わず従う妻。今のところ娘もまっすぐに育ってくれている。この家で、自分は自由に振る舞える。その名の通りご主人様だ。

「嬉《うれ》しい！」

奈美がはしゃいだ声を上げて、抱きついて来た。

いい匂《にお》いがする。若い女の匂いだ。今年、二十六歳になった奈美は、よく「もう私も年よ」などと言うが、木島にしたら思わず目を細めたくなるくらい若い。

木島はいつも、奈美の持つすべての弾力性に満足する。肌も、声も、表情も、そして匂いさえも弾力を持っている。

「欲しかったの、これ」

木島は奈美の後ろに回り、そのほっそりした首にチェーンを巻き付けた。奈美が手入れされた長い髪を両手で持ち上げている。そこからもふわりと温まった甘い匂いが漂う。

ひと月ほど前から、さりげなくおねだりをされていた。上目遣いで、てらうことなく欲しいものを要求する。同じことを杏子にされたら不愉快極まりないし、買ってやる気もさらさらないが、奈美だとどうにも嬉しい。

「ねえ、私、待っててていいのかしら」

奈美が幾度となく繰り返したセリフをまた口にした。まるで月に一度訪れる生理のようなものだ。しかし木島は初めて聞くようなふりをして神妙に答える。

「君には済まないと思ってる」

奈美はしばらく窓の外を見る。きっかり一分。そうして自分の置かれた状況に酔った目で頷く。

「ごめんなさい、困らせるようなことを言って。私はこうしてあなたと一緒に過ごせる時間があればそれでいいの」

そのやりとりをするたび、予《あらかじ》め用意された芝居に似ていると、いつも思う。

結婚して十三年がたった。

十三年前、木島は確かに杏子に惚《ほ》れていた。惚れていたから結婚した。

しかし、じきに戸惑うようになった。毎日が生活に埋もれていった。結婚後、しばらくは毎晩のようにセックスしたがそれもつまらなくなった。早い話、手を伸ばせばすぐ届く場所にいる杏子に欲望を感じなくなった。

由佳が生まれ、杏子が仕事を辞めて家事と育児に専念し始めると、その思いはさらに強まった。

木島は、足りないものを外で求めた。杏子に対してもう二度と蘇《よみがえ》ることのない甘やかで刺激的なものだ。それは自分が男として存在するに不可欠なものでもある。

「いいかしら」

日曜の朝、新聞を広げていると杏子が話し掛けて来た。

「由佳の受験のことなんだけど」

中学校の受験である。

「やっぱり、あそこに決めようと思うの」

その話は前から聞いていた。T学園は名の通った女子大の付属中学で、倍率も相当のものらしい。

「入れるならそうすればいいけど、もし入ったとしても、通うのが大変だろう」

家からだと片道に一時間半はかかる。

「覚悟はしてるって由佳も言ってるわ」

「由佳は？」

「塾に行ったわ。早朝授業があるの」

「最近、あまり顔を見ないな」

言ってから、さすがに言い返されるかと思った。それは毎日あなたの帰りが遅いからでしょう。しかし、杏子はゆっくりと首を振った。

「由佳のことは私に任せておいて。あなたは毎日忙しいんだもの、そのことは由佳もわかってるわ」

木島は杏子の顔を見た。杏子はいつもと同じ穏やかな表情をしている。

「まあ、本人がそこに行きたいと言ってるなら、そうすればいいんじゃないか」

「面接の時はよろしくお願いします」

「わかってる」

「それから、入学金とか授業料とかちょっとかかるけど」

「構わないさ。娘の将来のためだ」

「そう、じゃそうさせてもらいます」


由佳は見事に合格した。

何だかんだ言っても木島は上機嫌だった。食卓には赤飯と鯛《たい》が並んでいる。日本酒を飲んでいい気分だ。

「褒美《ほうび》に何か買ってやらなくちゃな。由佳は何が欲しいんだ？」

由佳は木島の顔を見ようともせず、素っ気なく答えた。

「いらない」

「どうして」

「欲しいものなんて何もないもの」

「そんなことはないだろう。じゃあ三人で温泉なんていうのはどうだ」

由佳はゆっくりと目を上げた。

「やめてよ。もう面接もないんだし、仲のいい家族の真似《まね》なんかすることないんだから」

思いがけない言葉が返ってきた。木島は驚き、瞬《またた》く間《ま》に不愉快になった。せっかくの気分を台無しにされた思いだ。由佳が席を立った。

「待ちなさい」

「何なの」

由佳が振り向く。

「話は済んでない」

「私が話したい時には聞いてくれなかったくせに」

由佳が二階に駆け上がってゆく。

「何なんだ、由佳は」

こんな言葉を父親に向かって吐かせていいのか、木島は杏子に非難の目を向けた。

杏子が殊勝な仕草で頭を下げた。

「ごめんなさい、難しい年ごろなのよ。後でよく言ってきかせておくから」

杏子が台所に入ってゆく。そのあっさりとした様子に木島は肩透かしをくらわされたような気分になる。

もう食卓には誰もいない。木島の怒りと狼狽《ろうばい》だけが宙に浮いている。

奈美と短い旅行に出た。

金曜日に日帰りで済む大阪出張があり、その夜、待ち合わせて週末を京都で過ごした。

一月の京都は底冷えしたが、まだ新年の凜然《りんぜん》とした雰囲気が残っていて、どこかしら厳粛な気持ちになった。奈美のリクエストで三千院と寂光院を回った。おみくじを引いたり、お札を買ったりと、奈美は子供のようにはしゃいでいた。

京の町並みと落ち着いた旅館。美しい京料理とうまい酒。夜は存分に奈美の身体を堪能《たんのう》した。

「このまま帰りたくないわ」

布団《ふとん》の中で、裸の奈美が木島の胸に顔を押しつけながら言う。

「俺も同じさ」

いつものやりとりを演じながら、ふたりで週末を楽しんだ。

そうして日曜の夕方に家に帰ると、そこには誰もいなかった。

妻と娘の荷物はすべて運びだされていた。

ダイニングテーブルの上に、メモが一枚あり「由佳と家を出ます」と、見慣れた杏子の文字で短く書かれてあった。

何が起きたのか、すぐには理解できなかった。杏子の実家に電話しようかと思ったが、そんなことをすると恥をかきそうな気がしてやめた。

とにかく明日まで待ってみようと、何か根拠があるわけではなかったが、そう思った。

翌朝、早くに電話で起こされた。弁護士からだった。淡々とした口調で、離婚の件を切り出された。

「ちょっと待ってください。何を言ってるんですか。そんなこと、妻からまったく聞いていません」

「この件に関しましては、すべて私が任されております。とにかく直接お会いしてお話ししたいのですが」

「もちろんです」

その日、午後に半休を取り、約束したホテルのティールームに出向いた。

待っていたのは五十代半ば過ぎの女弁護士ひとりだった。杏子も同席するとばかり思っていたので、何やら騙《だま》されたような気分になった。

「本当に杏子が離婚したいと言ってるんですか」

席に座り、名刺を受け取るや否《いな》や尋ねた。

「正式に依頼をうけております」

「離婚の理由は？」

「ありていに言えば、ご主人の女性関係に愛想がつきた、ということでしょうか」

弁護士とはいえ、初対面の女に自分の行状をとやかく言われることが不愉快だった。

「承服されないご様子ですね」

「当たり前です」

「では、これを」

弁護士がファイルを差し出した。

そこにはすべてが記録してあった。そう、すべてだ。ここ一年間の毎日の帰宅時間。外泊と休日の外出。その隣の欄には酔って帰ったとか、香水の匂いをつけていた、などの書込みがある。いつの間に調べたのか携帯電話の発信受信記録。レストランや宝石店の領収書。確かにそれらは奈美のために使った金だ。以前は気をつけて始末していたのだが、杏子が何も言わなくなってから警戒心はすっかり薄れていた。当然ながら写真も撮られている。素行調査というやつだ。ホテルや奈美の部屋から出て来たものや、一緒に出掛けた小旅行のもある。驚いたことに、昨日の京都の写真まで揃《そろ》っていた。

頭の芯《しん》に血が集まってゆく。

今さら何を言っている。すべては納得ずくではなかったのか。それでも敢《あ》えて何も言わず、妻としての役割を果たし、穏やかに暮らしていたのではなかったのか。由佳の進学も決まって、今からという時にこれはいったい何の真似だ。

「奥様の申し出を承知してくださいますね」

木島は強《こわ》ばる顔を上げた。

「冗談じゃない」

「もちろん冗談などではありません」

一瞬、言葉に詰まった。

「もし、だ。もし妻と離婚するようなことになっても由佳は渡しません。由佳は僕の娘だ」

「お嬢さまも、すでにお母さまと共に暮らす意志を固めていらっしゃいます。今さらそれを覆《くつがえ》すことは父親のあなたでも無理ではないかと存じます」

「妻ひとりで、由佳の面倒をみられるわけがない。経済的なことはどうするんですか」

「実は、奥様はすでに仕事も住居も確保されていて、親権者としての資格も十分にあります」

「まさか、いったいいつの間に……」

木島はぼんやりと弁護士の顔を見た。

「承知してくださいますね」

木島は乾いた唇を何度も舌で湿らせながら、どう答えていいのか言葉を探しあぐねていた。

結局、ほぼ杏子の要求通りの慰謝料と、由佳が成人するまでの学費を含めた養育費を毎月払わされるという条件で離婚した。正直に言えば、するしかなかった。すべては事務的に進められ、木島はまるで他人《ひと》ごとのような思いで、事の成り行きを眺めていた。

弁護士は、これらは決して法外な金額ではなく相場だということを強調した。余計なことに、むしろ安いくらいであり奥様に感謝された方がいいですよ、とさえ付け加える始末だった。木島は憮然《ぶぜん》としながら、すべての書類にサインした。

何でもない顔をしておいて、突然、離婚を切り出す。計画的としか言いようがない。木島が慌《あわ》て、狼狽《うろた》えるところを見たかったのか。復讐《ふくしゅう》のつもりなのか。あの杏子にそんな性根の悪さがあるとは思ってもみなかった。

しかし、それならそれでいい。杏子の代わりなどいくらでもいる。奈美もこれで結婚できると喜んでいる。杏子より一回り以上も若い女だ。その奈美ともう一度人生をやり直せる。それを思えばむしろありがたいくらいだ。

朝、いつもの時間に木島は家を出る。

自分で湯を沸かしてインスタントコーヒーを入れ、オーブントースターでパンを焼いた。

奈美はまだベッドの中だ。低血圧で朝は起きられないと言う。

奈美と再婚してほぼ一年になる。

若い嫁さんと周りにからかわれて、悪い気分ではなかった。実際、奈美と始めた生活は失ってしまった刺激と高揚があった。

しかし、今はどうだろう。

専業主婦というのに、奈美は日中何をしているのか、帰っても夕飯ができてないことがしばしばあった。並んでも大半は出来合いのものだ。

「でもね、この鰈《かれい》の煮付けはデパ地下の有名料亭のものなのよ。私が作るよりずっとおいしいし、二人分なんて、作るより買って来た方が結局は安上がりなんだから」

それが奈美の言い分だ。

たまに作ったかと思えば、ムニエルだとかグラタンだとか、油っぽくて子供騙しの食い物ばかりが並ぶ。

トイレのタオルはもう十日も同じものがかかっている。風呂場《ふろば》は天井の隅やメジにうっすらと黴《かび》が生え始め、廊下には白く埃《ほこり》が浮いている。ワイシャツは洗濯されたものを探すのに毎朝ひと苦労し、靴下が片方しかないということなどしょっちゅうだ。

「なぜ、できないんだ」

と言ったことがある。奈美はまじめな顔で見つめ返した。

「私なりにやってるわ」

「じゃあ、どうして俺の靴下がいつも片方ないんだ」

「ねえ、あなたは子供じゃないのよ。靴下が片方ないなら、自分で探せばいいでしょう。あなたの靴下なんだから」

家事は、奈美にとってはどうにも価値を見いだせない仕事なのだった。いや、たぶん世の中の多くの主婦がそうなのだろう。単調な繰り返しにうんざりしている。男たちもそれを理解し、文句も言わず従っている。それでうまく成り立っているのだ。きっとかつての自分の家が完璧《かんぺき》過ぎたのだろう。杏子がそうして来た。その完璧さにすっかり慣れて、どうにも今の生活に馴染《なじ》めない。

毎月、支払う養育費のことを知っていながら、奈美はレストランに行きたいだの、新しいバッグが欲しいだのとせがむ。たとえ疲れて帰っても容赦なくセックスを求める。あの時「一緒にいられるだけで幸せ」と言った同じ口で「週に二回は平均」と言う。

今朝もまた、ベッドに潜り込んだままの奈美を横目で見ながら家を出た。

最近、口臭が気になるようになった。朝、空腹のまま家を出るのが原因しているのかもしれない。

木島は、ゆっくりと空を見上げた。出掛けに少し奈美とやりあった。冷蔵庫にパンどころか牛乳も切れていたからだ。奈美はベッドの中からくぐもった声で言った。

「駅まで行けば朝食セットをやってるお店、いくらでもあるじゃない」

「朝飯ぐらい食わせてもバチは当たらないだろう」

　奈美がもぞもぞと寝返りを打つ。

「あなたって、前の奥さんによほど甘やかされてきたのね。過保護に育った息子と同じ。そんなのじゃ、老後、苦労するわよ」

　バス停が近付いて来た。相変わらず疲れたサラリーマンたちが並んでいる。かつて、覇気のない奴《やつ》らと嘲笑《ちようしよう》したが、今は彼らと寸分の違いもない。

　あの一年、杏子は妻として限りなく尽くした。木島は、夫の気持ちを取り戻したい一心のことだと思っていた。でも、違った。違うということに、ようやく気付いた。杏子は一年をかけて、木島をどうしようもなく手のかかるやっかいな夫に仕上げたのだ。それが杏子の復讐だったのだ。

　そのことに今頃になって気付いている自分に、腹の底から滑稽《こつけい》さが込み上げてきた。自分では笑ったつもりだったが、口から出た瞬間、それは濁ったため息にすり替わっていたらしい。バス停のサラリーマンたちが怪訝《けげん》な顔つきで振り返り、木島は思わず足元に視線を落として、列のいちばん後ろに並んだ。

濡《ぬ》れ羽《ば》色《いろ》

面倒なことにならなければいいが。

孝次は胸の中で呟《つぶや》いた。

もちろん、そんなことはおくびにも出さない。表面上はあくまで傷ついた男の姿を装《よそお》っている。

向かい側に座るるみ子は、うつむいたまま身じろぎもしない。顔も身体《からだ》もどうということはない女だが、腰近くまである長い髪だけは見事に黒く豊かだ。

首の後ろで結んだ髪を両手でたぐるように撫《な》でるその仕草から、心の内までは見えないが、もうるみ子だってわかっているはずだ。孝次はるみ子をひと月以上抱いていない。事態を察するに十分な助走期間を与えたはずだ。

「俺だってつらいんだ。でも、このままじゃるみ子をダメにするだけだから」

別れの基本は、相手を思いやるポーズを決して崩さないことだ。それは何人かの女たちと別れにすったもんだして、身についたワザだった。口が裂けても本当のこと、つまり気持ちが冷めたとか、他に好きな女ができたなどと言ってはいけない。

「俺なんかより、もっといい男がいるよ」

この常套句《じょうとうく》もあなどれない。ここまで言えば、もうどうしようもないほど心が離れているということを痛感するはずだ。

孝次が黙ると、部屋の中は救いようのない沈黙に包まれた。

るみ子との付き合いは半年ばかり続いた。短いのか長いのか計るのは難しい。ただ、飽きるに十分な時間だったことだけは確かだ。


るみ子は、孝次がセールスに出向いた会社の資材部で、最初に言葉を交わした相手だった。

「担当の方にお会いしたいのですが」

そう言って、事務室のいちばんドアに近い席に座っていたるみ子に声を掛けると、彼女は孝次の差し出した名刺を丁寧に受け取った。

「少々お待ちください」

立ち上がり、背を向けられてその髪の長さに驚いた。ロングヘアは好きだが、ここまで来ると何かしら女としての頑《かたく》なさを感じた。

それ以外は地味な印象しかなかった。美人ではないし、制服姿もダサい。だいたい十歳は年上に見えた。その時、孝次はほとんどるみ子の存在など気にとめていなかった。

るみ子の会社は、清涼飲料水のオートメーション機器を製造している。孝次は機器に使用される制御装置の一部を売り込みに行ったのだった。

るみ子に案内されて、応接室に通された。しかし部長はおろか、課長にも係長にも会うことはできなかった。出て来たのは、ヒラの、それも自分より年下の大山という社員だった。

そいつがキレる奴《やつ》ならまだしも許せる。しかしどうにもならないボンクラで、孝次の必死の説明もロクに聞きはしなかった。いや、聞いてもほとんど理解できなかっただろう。大山は最後にパンフレットだけ受け取り、

「いちおう検討させてもらいます」

と答えた。その気のないのは明確だった。

たとえ上司に製品に関する報告をするとしても、奴に今の説明を正確に伝える能力があるとはとても思えなかった。

だからといって諦《あきら》めるわけにはいかない。ほんの少しでも取り引きできる可能性があるなら、どんなボンクラ相手でも、頭を下げ、おべんちゃらを言い、食い込むしかない。孝次はここのところ営業の成績を思ったように上げられず、焦《あせ》っていた。

それから何度も出向いた。応対に出て来るのはいつもボンクラの大山だ。そんな奴に「またか」という顔をされるのは屈辱だったが、孝次は笑顔で挨拶《あいさつ》をした。

「また来ちゃいました。その後、どうですか。いえ、急《せ》かすつもりはないんです。じっくり検討してください」

媚《こ》びた言い方をする自分に、時々、吐きそうになった。

時には居留守も使われた。そんな時、申し訳なさそうに伝えるのがるみ子だった。

「すみません、大山はただ今外出しておりまして……」

るみ子は嘘《うそ》が下手だった。

「そうですか、それではまたの機会に。大山さんによろしくお伝えください」

孝次は煮えたぎる腹を抑えて笑顔を浮かべ、帰るしかなかった。

あんなボンクラじゃなく、もう少し話のわかる奴と会いたい。せめて係長、いや主任クラスでもいい。同じ敬遠されるにしても、それなら孝次の自尊心もある程度収まりがつく。しかし、そのきっかけがつかめずにいた。

ひと月ほどジレンマの中にいた。孝次はくさっていた。毎日毎日、営業に靴をすり減らしてもいい結果は得られない。帰れば、上司はリストラという単語をちらつかせ、脅迫めいたやり方で尻《しり》を叩《たた》く。この不景気に、新規の契約をどうやって取って来いと言うんだ。性能も価格も、行き着く所に行き着いて、よほど思い切った値下げでもしない限り、これ以上の売り込みなどできるはずもない。上の奴らはバブルで成績を上げた幸運を、自分の実力だと勘違いしているだけではないか。今はどこも地獄なんだ。わかってるのか。

そんな時、新宿でばったりとるみ子と顔を合わせた。

「あれ、どうも」

と、挨拶してから、孝次は慌《あわ》てた。

その時、孝次はまだるみ子の名前を知らなかった。

「こんばんは」

るみ子が軽く頭を下げた。

「どうも。いや、制服じゃないんで、見違えちゃいました」

確かに、淡いベージュのスーツ姿のるみ子は少しばかり印象が違っていた。考えてみれば、会社の制服というのは若い女を基準に作ってある。るみ子ほどの年齢になると、気の毒になるくらい似合わなくなってしまう。

私服のるみ子は、綺麗《きれい》というほどではないが、年なりのお洒落《しゃれ》が身についていた。髪もめずらしく結い上げてあり、どこか艶《つや》めいて見えた。

「すみません、昨日も来ていただいたのに、またいいお返事ができなかったみたいで」

るみ子が申し訳なさそうな顔をする。

孝次は首を振った。

「いや、とんでもないです。うちの製品を納得していただけないのは、俺の力不足ですから」

「頑張るんですね」

「営業マンの宿命です」

るみ子が僅《わず》かに口元を緩める。

「じゃあ」

と、これで話を切り上げようとするるみ子に孝次は思わず言葉を続けていた。

「よかったら」

「え？」

「よかったら、ちょっと飯でもどうですか。あ、いや、いつもお世話になってるから」

るみ子が困ったように首を傾げる。

「お世話なんか全然してないわ」

「そんなことありませんよ。いつも、気持ち良く取り次いでくれる」

「それだけ」

「正直言うと、俺、ものすごく腹が減ってるんです。でも、ひとりで食うのって味気ないから、付き合ってもらえると嬉《うれ》しいなぁと思って」

腹が減っているのは本当だが、ひとりで食うのに何の抵抗もなかった。ただ、孝次はこれで多少なりともるみ子から会社の内情を聞き出すことができれば、と思っていた。すでに取引のあるライバル社の出方や方針でも探れれば、これからの売り込みに役立つかもしれない。

るみ子はしばらく迷っていたようだが、やがては頷《うなず》いた。

「じゃあ、そうしようかしら」

「そうこなくちゃ」

ふたりで歌舞伎町《かぶきちよう》の居酒屋に入った。その時、名前が野上るみ子であること、年が孝次より七つ上の三十五歳であることを知った。

「こんなおばさんとご飯をたべても、おいしくないんじゃないの」

るみ子はビールで少し酔ったのか、口調がくだけ始めている。

確かに平凡でつまらなさそうな女だ。こういう質問をすること自体、それを証明している。

「自分で自分をおばさんと言う女性に限って、本当はそうは思っていないんですよね」

るみ子は皮肉とすぐに察して、一瞬、表情を止めた。

孝次は首を振った。

「いや、そういう意味じゃありませんよ。あなたにはそんな言い方似合わないなあと思って。男がみんな、若いことに価値を感じるわけじゃないって言いたかったんです」

「そうかしら」

「あなたこそ、こんな若造と一緒に飯を食ってもおいしくないんじゃないですか」

「上手なのね」

るみ子はグラスを口にした。頰が上気しているのは、ビールのせいばかりではなさそうに見えた。

どこの会社にもこの手の女が必ずひとりかふたりいる。婚期を逃し、キャリアウーマンになりそこね、雑用的な仕事では重宝がられても、周りからは浮いていて、十年後の孤独な姿が容易に想像がつく、そんな女だ。

鼻から頬にかけてうっすらソバカスが浮いていた。笑うと目尻にシワができた。かつては可愛《かわい》いと言われた時もあったのかもしれない。

孝次は飲んだ。飲んで喋《しゃべ》った。何を話しても、るみ子は口元に曖昧《あいまい》な笑みを浮かべながら聞いている。孝次の冗談も、世辞も、探りも、虚勢も、愚痴も、まるですべての言葉がるみ子の身体に吸収されてゆくような感じだった。

その日のうちに寝てしまった。

女たちと気楽に遊ぶことには慣れていたし、実際、その時は女が欲しかった。相当飲んだせいもあるが、欲情してしまったのだから、満たすしかない。

どんな相手であろうと、初めてのセックスの時の期待と緊張感が入り交じった感覚はいいものだ。

しかしベッドに入り、まさにあの瞬間を迎えようとした時、るみ子が「殺される」

と口走って、思わず腰が退《ひ》けた。

確かにあの時、女はいろんな言葉を口にする。しかし「殺される」というのは初めてだ。それを聞かされた時、急に冷静さが戻って来て、何かとんでもなく面倒なことに足を突っ込んでしまったような気になった。

明け方、ホテルの一室で、シーツにへばりつくようにして広がっているるみ子の髪が自分にはりつかないよう身体を遠去けながら、焦点の合わない頭でぼんやり考えた。

確かに自分は女にだらしないところがある。それにしても、よりによってこんな女に。

しくじったか。

その思いが、胸を苦くした。

まだ薄暗さが残った明け方の町をふたり、タクシーが拾える大通りまで黙って歩いた。るみ子が何を考えているのかはわからない。何も考えないでくれていることを祈るばかりだ。

途中、ゴミ収集場にカラスが群がっていた。半透明の袋を破って、食い物をあさっている。黒々とした羽が妙に生々しい。孝次は思わず眉《まゆ》をひそめた。

「カラス、嫌い？」

るみ子が言った。

「あんなの、好きな奴なんていないんじゃないですか」

孝次は丁寧な口調で答えた。今さらという気もするが、そういう言い方をするのがせめてもの自己防衛のように思えた。

「でも、カラスってとても頭がいいのよ。固い殻の実を食べたい時、車に轢《ひ》かせて割るの知ってる？」

「ああ、聞いたことあります」

「喋ることもできるのよ」

「まさか」

「本当よ。昔、飼ってたことがあるの。いつの間にか聞いたことを喋るようになっちゃってね」

「へえ、カラスを飼うなんて変わった趣味ですね」

「時々、言われたわ」

カラス好きの女か。

孝次は肩ごしにるみ子を見た。ほどいた彼女の髪が明け方の風に揺れている。ホテルを出る前に浴びたシャワーに濡《ぬ》れて、カラスの羽と同じように黒々と光っていた。

それからしばらく、るみ子の会社には近付かなかった。なるべくるみ子とは顔を合わさない方がいいと思ったし、契約の方もほとんど諦《あきら》めかけていた。

そんな時、例のボンクラ大山から連絡が入った。

「実は課長が話を聞きたいって言ってるんですけど」

「本当ですか」

思わず電話を持つ手に力が入った。

「明日、出向いてもらいたいんだけど、都合はどうですか」

「もちろん大丈夫です」

「じゃあ、二時に」

「わかりました」

とにもかくにも、やっとあのボンクラじゃない相手に会える。課長というところがいささか不満だが、主任より係長より上だ。贅沢《ぜいたく》は言っていられない。期待は膨らんだ。孝次は張り切って、資料を用意した。

課長は好意的に話を聞いてくれた。他社と性能も価格も大した違いはないので、唯《ゆい》

一《いっ》、売込みのポイントとなるスイッチが今までのボタン式ではなく、パネルタッチ式であることを強調した。

「この方がずっと操作がしやすくなります。操作の簡便さは、効率のよさに繋《つな》がります」

パンフレットだけでなく現物を持参したのもよかった。手応《てごた》えは十分だった。

結局、五台の制御装置の契約を取り付けた。上司から誉められ、同僚からは羨《うらや》ましがられた。

契約が正式に取り交わされた日、課長を新宿の割烹《かっぽう》料理屋で接待した。その課長を見送ってから、連れ立ってきた大山が調子に乗って「軽くもう一杯どうかな」と言って来た。孝次としては大山ごときに貴重な接待費を使いたくもなかったが、何と言っても取引先だ、いやとは言えない。

安い居酒屋に入った。ボンクラのくせに大山はよく飲む。その上、よく喋る。その大山の口から会社の噂話《うわさばなし》などを聞かされているうちに、不意にるみ子の名が出た。

「野上さんって、いつも僕の応対をしてくれる、あの女の人ですよね」

とぼけながら尋ねた。

「そう、あの妙に髪の長いおばさん。ああ見えて野上さん、凄腕《すごうで》なんだ」

「凄腕？」

孝次は酎《ちゅう》ハイの梅をつついていた割《わ》り箸《ばし》を止めた。

「副業で金貸しをやっててね」

思わず大山を振り返った。

「本当に？」

「うちの社でも借りてる人がかなりいるよ。だから結構、影響力を持ってるんだ」

「へえ」

「まあ、サラ金よりも利子が少しばかり安いからね」

「もしかして大山さんも？」

大山が首をすくめる。

「僕はちょこっとだよ。五万ほど。今期に入ってから残業手当が大幅カットになってね、いろいろと計算が狂っちゃってさ。今度のボーナスで返すことになってるんだけどね」

無能な男は口も軽い。もちろん、そういう男もいてもらわなければ困る。

「まさか課長も？」

「たぶんそうなんじゃないのかな。課長のところ、四十過ぎてから三人目が生まれて大変らしいから」

翌日、孝次はるみ子に電話を入れた。

「ありがとうございました」

そう言うと、

「何かしら」

と、とぼけた声が返って来た。

「あなたが課長に口をきいてくれたんでしょう」

るみ子は黙る。

「やっぱりそうだったんですね」

「私はただあなたの熱心さを課長にそれとなく伝えただけ。すべてはあなたの努力の結果よ」

「助かりました。実はもう諦めてたんです」

「いいのよ、気にしないで」

「俺なんか、そんなことしてもらえる立場じゃないのに」

あの夜のことを思い返しながら、どこか後ろめたい気持ちで孝次は言った。

「本当に何も気にしないで。私が勝手にしたことなんだから」

「あの」

「なに？」

「また会えますか」

嬉しかったせいもあるが、もちろんそればかりではない。孝次の胸の中には計算があった。契約はしたが、一過性では意味がない。せっかくコネができたのだ。継続した形で売り込んでゆきたい。

ほんの少しの間があって、るみ子は答えた。

「ええ、いいわ」

「よかった」

翌日、孝次はるみ子と会っていた。

そして、当然のことながら、また寝ることになった。


やがて、るみ子は週末、孝次の部屋に泊まってゆくようになった。

右手にネグリジェや洗面道具の入った大きめのバッグを抱え、左手にスーパーの袋を下げてドアのチャイムを鳴らす。料理はうまいし、孝次の要求にほとんど逆らわないセックスも悪くはなかった。

あの瞬間に口走る「殺される」というセリフにもいつの間にか慣れ、いや実を言うと、それは孝次の気持ちを刺激するようになっていた。ある意味で自分のセックスに対する自信と繋がった。

孝次のマンションは古くて狭いが高層階にある。おまけに東南に広々としたベランダがついていて、そこからの見渡しはよく、風もよく通って開け放して寝ることもたびたびだった。

明け方、ベッドにるみ子がいない。ベランダのカーテンが揺れている。そういえば、昨夜も開けたまま眠ってしまった。孝次は起き上がって、ベランダに顔を覗《のぞ》かせた。

窓の手摺《てす》りにカラスが一羽止まっていた。驚いたことに、るみ子の手から何かついばんでいる。

「何やってんだ」

るみ子が振り向くとほぼ同時に、カラスは飛び立って行った。

「ちょっと昨夕《ゆうべ》の残り物をね」

「おいおいそんなことして大丈夫なのか、襲って来たりするんじゃないのか」

「まさか。もともととても臆病《おくびょう》な鳥よ」

「妙に慣れさせないでくれよ。ベランダがフンで汚れるのいやだからさ」

「わかってるわ」

しかし、やはりその日からカラスは来るようになってしまった。

孝次ひとりの時はそうでもないのだが、るみ子が来る日は必ずと言っていいほど姿を現した。よせと言うのに、るみ子はこっそりエサをやる。そのことをカラスはすっかり覚えてしまったらしい。

るみ子とセックスしていると、夜というのに開け放したベランダの鉄柵《てつさく》にカラスが止まっていて、じっとこちらを見ていることもあった。

「あっちに行けよ」

孝次はスリッパを投げたりして邪険に追い払う。

「大丈夫、悪さはしないわ」

「気味が悪いだろ」

「慣れたら可愛《かわい》いわ」

「勘弁してくれよ」

孝次はるみ子の足を大きく広げる。るみ子は少しも逆らわず、要求されるままどんな形にでも姿を変える。熱く湿ったその中に、孝次は自分の欲望を放出する。

殺される。

るみ子がいつもの声を上げた。

孝次はるみ子と何度も寝た。

セックスもしたかったし、部屋の掃除も助かったし、ホッとするような料理なんかにも目が眩《くら》んだ。

もちろん契約のためがいちばんだ。契約は順調で、月に三台から五台の受注があった。そうやって、結局、半年以上も付き合ってしまった。

しかし、半年たって残ったものは「うんざり」だった。

俺は何でこんな女と付き合っているのだろう。

契約のためだ。自分の将来のためだ。でなければ、何のためにこんな女と。

キスをすればうっとりと目を閉じる。胸を触れば乳首が尖《とが》る。指でこすれば濡れる。

孝次はるみ子のその反応さえ鬱陶《うっとう》しく思った。長い髪もこっちの身体《からだ》にまとわりつく感覚がおぞましかった。「殺される」というあの瞬間のセリフも、今となってみると、どこか演技めいていて興醒《きょうざ》めだ。

もういい、と思った。もう結構、もう飽きあきだ。

契約のことさえなければ。それさえなければ、こんな女なんか。

久美は三ヵ月ほど前、るみ子の会社の総務部の女の子として現われた。まだ二十三歳で、茶色に染めた肩までの髪と、桃色に彩《いろど》られた爪《つめ》が、今時の女を象徴していた。何より若い。そのピンと皮膚の張った頬からは、いつも湯気があがっているように見えた。

たまたま昼時に入ったるみ子の会社近くのそば屋で相席になり、制服がるみ子と同じだったのでつい声を掛けた。可愛い子だなと思った。胸も大きい。好みのタイプだ。営業マンを六年もやっていれば、女を楽しませるコツぐらい知っている。とにかく、久美を笑わせたらこちらのものだ。

期待どおり、孝次の冗談に久美が笑った。そのタイミングを逃さず、お茶に誘った。久美はしばらく困ったような顔をしたが、最終的に首を縦に振った。

若い女はやっぱりいい、孝次は久美と会ってつくづく思った。何より視覚的に心地いい。耳たぶとか、唇とか、どれもカリッとした歯応えを感じさせる。匂《にお》いも、声も、仕草も、すべてが新鮮で弾んでいる。孝次の冗談に、少し大げさ過ぎるほど笑いころげる反応も心地いい。新聞の政治経済面などまったく読まない馬鹿《ばか》さ加減も愛らしい。

初対面で何とか携帯電話の番号を聞き出した。

何度か電話をし、ようやくデートにこぎつけた。

三回目のデートでキスをした。

その次のデートでホテルに誘うのに成功した。

久美が常務の姪《めい》に当たるというのを聞かされた時、どれほど驚いただろう。

「こういうこと言うと、何だか先入観を持たれそうでいやだったの」

もちろん、顔では「関係ない」を装《よそお》ったが、内心は小躍りしたい気分だった。

「でも、仕事関係の男と付き合ってるとわかったら、イヤな顔されるんじゃないか」

「平気よ。伯父さん、私には甘いの。自分のところは息子ばかりなものだから、私を実の娘みたいに可愛がってくれるのよ。イヤな顔なんかしたら、二度と口をきいてやらないわ」

運が回ってきた、そんな感じだった。

孝次はこれからの仕事の展開を頭の中でシミュレーションした。

もう、るみ子に頼る必要もない。るみ子などいなくても十分に契約を取り付けてみせる。

こうして向かい側で、石のように固まっているるみ子を見ていると、孝次はどうしてこの女をあんなに抱けたのだろうと不思議に思う。ただのおばさんじゃないか。

「るみ子には感謝してるよ。本当に世話になった。ありがとう」

孝次は甘えた口調で言った。年下の男には年下の男の特権がある。もちろん、孝次は最後までそれを使わせてもらうつもりだ。

「別れたいのね」

「いや、別れるっていうより、元に戻ろうってことさ」

「たとえこれからの契約が期待できなくなったとしても？」

孝次はいくらか大仰な仕草で肩を落して見せた。

「まさか、るみ子からそんな脅迫めいたセリフを聞かされるとは思ってもいなかったな」

るみ子が頰を堅くした。

るみ子との関係は、強いて言えば、母親と息子のようなものだろう。与えることに自分の価値を見いだそうとする母親と、男のプライドなど持ち出す必要もなく存分にそれを受け入れる息子。母親は、自分がいないと息子は生きてゆけないと信じ込んでいる。しかし、ほとんどの息子は、時が来れば母親を捨てる。あっさりと捨てる。それと同じだ。孝次もまたるみ子を捨てる。

「もう、決めたんだ」

るみ子がいくらか前のめりになりながら部屋を出てゆく。その姿がまだドアから消えないうちに、孝次はもう別のことを考えていた。

これでやっと久美をこの部屋に呼べる。


今夜、久美が初めて孝次の部屋を訪れた。

もちろん、るみ子の痕跡《こんせき》など何も残ってはいない。すでに徹底的に掃除をしてある。あの長い髪の毛など落ちていようものなら元も子もない。久美はこれから幸運を運んでくれる天使だ。すべてを台無しにするようなヘマはしでかせない。

久美は部屋に入ると、物珍しそうに中を探索した。それから、いちいち「洗面所が殺風景なのね」とか「キッチンなんて使ったことないんじゃない？」とか、無邪気に感想を述べた。

「ベランダが広いわ。見晴らしもよくて気持ちいい」

「それだけが取り柄さ」

孝次たちはベッドに入った。

久美の白く弾力のある胸や、つるっとした尻《しり》や、潤《うるお》った窪《くぼ》みに思う存分触れた。久美がため息にも似た声を上げる。身体をよじってより快感を深いものにする。たっぷりと時間をかけたセックスが終わった時は、すでに白々と夜が明けていた。心地よい疲れに、波打ち際《ぎわ》に打ち上げられた魚のように孝次はベッドに横たわっていた。

カーテンの隙間《すきま》から、朱色に染まった光が部屋に細く差し込んでいる。

「朝焼けかしら」

「たぶん」

久美がベッドから抜け出し、ベランダのカーテンを引いた。滲《にじ》んだ血のように光が溢《あふ》れて来た。

「ねえ、見て。すごくきれい」

「ああ」

孝次は生返事をしながら、ぼんやりと天井を眺めていた。

契約の話をするのはいくら何でも早すぎるだろうか。しかし、るみ子と別れてしまった今、頼りになるのは久美だけだ。来月の契約はまだ取れてない。そうのんびりともしていられない。

名刺を渡せるだけでいい、常務と顔を合わせるチャンスを作って欲しい。

それくらいならいいだろう。

孝次がベッドから上半身を起こすと、ちょうど久美が戻って来た。

しかし、その表情はベランダに出て行った時とはうって変わって強《こわ》ばっていた。

「どうした」

「カラスが」

久美が言った。

どうやら、あいつがまた来たらしい。

「ああ、あれか。面倒なことに、時々来るんだ」

「カラスが喋《しゃべ》るなんて」

「みたいだね。俺も最近知ったんだけど、カラスって喋れるんだってさ」

それでも久美はよほど驚いたのか、頬を緊張させている。

「でも、あんなことを……」

「あんなことって、何て言った？」

面白がって尋ねてみたが、久美は言葉を詰まらせた。

「どうした、何て言った？」

久美はゆっくりと視線を足元に滑らした。

「あなた……」

「俺？」

「あなた、ここでいったい何を……」

「何のことだ？」

久美がおぞましいものを振り払うかのように、激しく首を振った。

「いいえ、いいの。それより私、帰るわ」

「えっ」

孝次は慌《あわ》ててベッドから飛び降りた。

「ちょっと待ってくれ、帰るってどういうことだよ」

「とにかく帰るわ」

「急にどうしたんだよ」

しかし久美は答えない。怯《おび》えるような目を孝次に向けると、ばたばたと身仕度を始めた。

「帰るわ。帰りたいの。帰らせて」

やがて、久美は追い立てられるように部屋から出て行った。

残された孝次は、部屋の真ん中にぼんやりと突っ立っていた。

いったい何なんだ。カラスが何を喋ったというんだ。

孝次はベランダを振り返った。瞬間、るみ子がそこに立っているような気がして背中一面が粟立《あわだ》った。鉄柵に止まったカラスがこちらを見ている。その濡《ぬ》れ羽色《ばいろ》が、るみ子の黒髪と重なった。

「おまえ、いったい久美に何を言ったんだ」

しかし、カラスは嘲《あざけ》るように一声鳴くと、すぐに艶《つや》やかな羽を広げて飛び立った。

孝次はベランダに飛び出した。

「教えろよ、いったい何を言ったんだ」

その姿が、朝焼けの中で小さなシミになるまで孝次は立ち尽くしていた。

分身

妻の志保は若く、美しい。

心優しく、恥じらいがあり、柔らかな髪と、ふくよかな胸と、いつも風呂《ふろ》から上がったばかりのような潤《うるお》った肌を持っている。無邪気で、天真爛漫《てんしんらんまん》で、そのくせどこか臆病《おくびょう》で、人見知りの癖が抜けない子供のように常に私に寄り添ってくる。まったく、申し分のない妻だ。

しかし、私はどこかで妻を信用していない。

古くから付き合いのある不動産屋の草野が、約束の書類を取りに事務所にやって来た。

「どうだ、田崎所長、若い嫁さんに苦労してるんじゃないか」

と、書類が揃《そろ》うのにまだ少し時間がかかるのをいいことに、からかい始めた。

結婚して半年がたつ。披露宴というほどではないが、身内だけの式の後、パーティ形式で友人たちや仕事関係者を招待した。その中に草野もいて、志保とは顔を合わせている。

「別に、どうってことはありませんよ。一緒に暮らせば、年なんかすぐに関係なくなるもんです」

回転椅子《いす》を小さく左右に揺らしながら、田崎は答えた。

「強がるなって。世代のギャップというのは、なかなか埋められないもんだろ。一回りだったか？」

「まあ、そんなものです」

本当は十五歳下になる。田崎は四十一で、志保は二十六だ。年の差を、密《ひそ》かに自慢に思ったのは最初だけで、今では口にするのが本気で恥ずかしい。

「羨《うらや》ましいね、まったく。しかし、それじゃ心配で、オチオチ家も空けていられないんじゃないか」

「まさか」

草野の言いたいことはわかっている。

よくまああんな若い女が、おまえみたいな男のところへ来る気になったもんだ。

確かに、いったい志保は私のどこがよかったのだろう。容姿に自信はない。女を笑わせたり楽しませたりする洒脱《しゃだつ》なところもない。前に志保に聞いた時、笑って「そこがいいの」という答えがあった。田崎には、それで十分だったが、よく考えてみると、うまくはぐらかされたような気もする。

結婚は遅かったが、その間に付き合った女もいるし、結婚を考えたこともないわけではなかった。しかし女たちは、言葉や仕草では愛想を振り撒《ま》いておきながら、田崎よりも条件がよく、見栄《みば》えのいい男が出現すると見事なほどあっさりと鞍替《くらが》えした。まったく、女たちの欲深さとしたたかさには舌を巻くばかりだ。

「しかしまあ、あんたにしたら上出来なのをモノにしたよ。若い女ではすっぱなのは散々見てきたが、今時、めずらしいくらいまっとうな子だ」

「地味なだけです」

「今の女が地味でいるっていうのは、処女でいるってくらい難しいことだぞ」

言ってから、草野は口角を持ち上げて好色そうに口元を緩めた。

「で、嫁さんはどうだった？」

「さあ」

「さすがにそれはないか」

そんなことは関係ない。どっちでも構わない。若いといっても二十六歳だ。それまでに恋愛のふたつやみっつはあったろう。正直言えば、どっちかわからない。初めての時、怯《おび》えたように身体《からだ》を震わせたが、それを処女に結びつける根拠とするには薄い。

ドアが開いて、社員が茶封筒を持って入って来た。

「お待たせしました。納税の書類が揃いましたので」

「おう、ありがとう」

草野は受け取り、胸ポケットにしまいこんだ。ほっとした。これ以上、こんな話に付き合わされてはたまらない。

「じゃあ、行くよ。嫁さんによろしくな」

「ありがとうございます」

草野が出て行ってから、田崎は一度大きく背伸びをして、仕事を再開した。


会計事務所を開いてから八年になる。

大学を卒業して、大手の会計事務所で三年の実務経験を経て、資格を取得した。それから少しでも早く独立したいと考え、三十三歳でそれを叶《かな》えた。独立すればしたで、何とか軌道に乗せたいと思い、軌道に乗ればもっと広げたいという欲も出た。そうしている間に、気がついたら四十を越えていた。今では社員も五人になった。経営はまああといったところだ。

今はどこの会社も、経理はコンピューターが引き受けている。ソフトも充実し、一般的な経理なら素人《しろうと》でも三日もあればできるようになる。事務処理のOA化は、会計事務所にとって経営難の要因だ。今の田崎は、実務はもっぱら社員たちに任せ、顧客回りがメインの仕事になっている。うちに任せれば確実に節税ができる。面倒な税務署との折衝もスムーズにやり過ごせる。いかにOA化が進もうとも、それだけは融通の利《き》かないコンピューターにできるものではない、といったことを顧客にアピールするのが、田崎のいちばんの仕事と言えるだろう。

特別のことがなければ、七時には自宅に戻る。

すでに食卓には夕食の準備が整っている。志保は料理も上手《うま》い。上手いというより、田崎の口に合っている。どうということはないが、野菜や魚を中心にした、気の利いた惣菜《そうざい》を出してくれるのが有り難い。

着替えて食卓に着いた。田崎はあまり酒を飲まないので、すぐ飯になる。

「今日はね、午前中にマーケットに行ったの。ティッシュペーパーの安売りで、いっぱい買っちゃった。そうそう、新聞屋さんの集金と町内の廃品回収があったわ」

志保がいつものように喋《しゃべ》り出す。こうして、夕食時に一日の報告を田崎にするのが習慣になっていた。

「それから夕方までずっとお花の手入れをしてたの」

マンションにはいくらか広めのベランダがあって、最近、志保はそこで花を育てることに熱中していた。

「そうしたらね」

志保がくすくす笑う。

「どうした？」

「上の階から、洗濯物が落ちて来たのよ」

「ふうん」

「それがすごい派手な下着なの。黒いレースのTバックなのよ。上の奥さんって物静かな感じの人でしょう。何だかびっくりしちゃった」

こうして、志保の他愛無いお喋りを聞きながら、飯を食うのが田崎はいやではなかった。どころか、正直言えば、楽しみなのである。自分のいない一日を、妻がどう過ごしたかということを確認することもできる。

「それとね、OL時代のお友達から電話があったんだけど、相変わらず不況で大変なんですって。今度のボーナスも期待できないってボヤいてたけど、うちの会社はどうなってるの？」

「今はどこも似たようなものさ。でも大丈夫だよ、あそこは堅実な経営だから」

「だったらいいけど」

　志保と知り合ったのは、彼女が田崎の顧客である会社の社員だったことからだ。その社長とは懇意にしていたのだが、田崎が未《いま》だ独身だと知って、急にいい子がいると言い出した。遠慮したのだが、せっかちな社長に押し切られるような格好で、その場で引き合わされた。その時は、相手がそんな若い子だとは思ってもみなかったのでびっくりした。志保と会った時、すぐに「ダメだな」と思った。こんな若い女が、自分のような男を結婚の対象にするとはとても思えなかった。けれども、翌日、社長から電話があり「こっちは乗り気なんだが」と言われて驚いた。

「実は、あの子の母親が僕の妹でね。妹は十年以上も前に亡《な》くなって、あの子はあまり継母《ままはは》とうまくいってないらしいんだ。うちの会社に来た時から、誰かいい人がいたら早く結婚して家庭を持ちたいと言っていた。どうだろう、考えてみてくれないか」

　それを聞いて、少しばかり同情を感じたが、田崎にとっては幸運だったと言えるだろう。そういう理由でもなければ、志保が自分との結婚など考えるはずがない。よろしくお願いします、と返事をした。それから何度か一緒に食事をすると、後は、とんとん拍子に話が進んだ。

「それでね、友達と話してたんだけど、私もパソコンをやってみたいなぁって思って」

「どうした急に」

田崎は銀鱈《ぎんだら》の塩焼きに伸ばした箸《はし》を止め、顔を上げた。

「インターネットとかメールとか、話を聞いてたら面白そうなんだもの。ＯＬの頃に少しはパソコンも齧《かじ》ったけど、ほとんど仕事にしか使ったことがなかったでしょう。友達にもバカにされちゃった、今時、そんなこともできないなんて信じられないって」

もともと志保はあまり外に出歩くのを好まない。そこも気に入っているところだが、やはり家にいるばかりでは退屈なのだろう。

「友達も、映画好きなメル友を持ってたりするんですって」

田崎は志保を眺めた。妻といえども、志保は個人であり、夫の所有物ではない。それでも、志保が自分の世界を持とうとすることに、了見が狭いと思いながらも、いくばくかの抵抗のようなものを感じた。

「だめ？」

「もちろん、いいさ」

田崎はそんな自分の思いを振り払うように答えた。

「事務所で使わないパソコンがあるから持ってきてやろう。ちょっと機種は古いが、使うには何も問題はないから」

「ほんと、うれしい」

「当分、マニュアル書と首っ引きになるぞ」

「平気よ」

志保は屈託ない笑顔で頷《うなず》いた。

自分が志保を抱くことができる唯一《ゆいいつ》の男だと思うと、田崎はそれだけで震えるほどに満足する。志保の身体をひとつひとつ確認するように、潤った窪《くぼ》みや不思議な形をした突起に舌を這《は》わす。志保はなよやかに田崎の愛撫《あいぶ》を受け入れる。

「愛してるわ」

志保が切れ切れに呟《つぶや》く。

「僕もだ」

と、田崎は答える。

しかし、田崎は志保とどれほど肌を合わせても、やはりどこかで信用していないのだった。

本当にそうなのか。本当に私だけなのか。

実際に尋ねはしないが、胸の中には、常にその思いが張りついている。

口だけではないのか。演技しているのではないのか。結婚したのも、結局は、早く家を出たかっただけではないのか。他にもっといい男が現われれば、あっさりと乗り換えてしまうつもりではないのか。


パソコンを与えると、志保はすぐに夢中になった。

まるで子供が新しい玩具《おもちゃ》を手にしたと同じように、食卓の話題にもそのことばかり登場するようになった。

「今日ね、初めて友達にメールを送ったの。最初はマニュアル書を見ても全然わかんなくて、もうやめちゃおうかと思ったんだけど、何とか送れたわ。だから返事が来た時は、もう嬉《うれ》しくって思わずバンザイって叫んじゃった」

志保は食べるのも忘れて、身を乗り出すように報告する。

「それにね、インターネットもやってみたの。ガーデニングの情報なんかもいっぱいあってびっくりよ。すごく素敵に寄せ植えしてある写真なんかも載ってて、参考になることばかり。ハマっちゃいそう」

志保の喜ぶ顔を見ているのは悪くない。

「これからはパソコンを使って家計簿もつけられるようになろうと思うの。会計士の奥さんが、家計もちゃんとできないなんて恥ずかしいものね」

「まあ、ぼちぼちやればいいさ」

田崎は鷹揚《おうよう》に返事をする。志保がはしゃげばはしゃぐほど、胸の中に砂が混ざり込んだようなざらつきを感じたが、それは気のせいだと思うようにした。

面倒な会社の決算が無事終了して、田崎は社員たちをフグ屋に連れて行った。社員旅行がない代わりに、年に二、三度いくらか贅沢《ぜいたく》な食事会のようなものを開くようにしていた。

社員はすでに試験に合格したふたりと、来年受験するひとり、それから事務の女の子がふたりだ。五人ともまだ二十代で、志保と似たような年である。

さすがに食欲が旺盛《おうせい》で、フグ刺しの皿が瞬く間《またたくま》に食べ尽くされてゆく。味わう楽しみより、腹を満たすことの方に意識が向いている世代であることに改めて気づいて、別の店にすればよかったかなと、田崎は彼らを見ながら苦笑した。

鍋《なべ》に移った頃、いちばん古株の村上が隣に座る元木に言った。

「元木、まだアレやってるのか？」

「おいおい、よせよ、こんなところで」

ヒレ酒で、いくらか目の周りを赤く染めた元木が、村上の脇腹《わきばら》をつっついた。

「何ですか、アレって」

まだ資格はなく、いわば見習い中の須藤が尋ねた。

「ネット恋愛さ」

村上が言うと、事務のふたりの女の子が嬌声《きょうせい》を上げた。

「えーっ、元木さんたらそんなことやってるんですか」

「いや、恋愛っていうんじゃないんだけど」

元木が口ごもりながら答える。村上がにやにやしながら付け加えた。

「悪趣味なんだよ、こいつ」

「あら、そんなことないですよ。私の周りにもいますよ。ネットで知り合って、ちゃんと恋人になった友達。私もチャットに参加してるし」

田崎は黙って彼らの会話を聞いている。最近の若い奴《やつ》らは、パソコンを仕事ばかりではなく、遊びとしても大いに活用している。テレビゲームに慣れた世代では、当たり前のことかもしれないが、田崎にとってパソコンは仕事の道具以外の何物でもない。

「そうですよ、今、もっとも注目されているのがネットでの出会いなんだから、悪趣味ってことはないですよ」

須藤が言うと、村上がいくらかもったいぶったような笑みを浮かべた。

「けど、こいつの相手は男なんだ」

誰もが、えっと言うように元木に視線を向けた。もちろん田崎も驚いた。元木が慌《あわ》てて、顔の前で手を振った。

「違う、違うって、僕はそういう趣味はないんだ。ただ、ちょっと悪戯《いたずら》をしたら、何だか妙な具合になっちゃってさ」

「なに、どういうこと？」

女の子たちが好奇心を隠そうともせず身を乗り出す。

「最初に女の名前を名乗ったんだ。別に、何か意図があったわけじゃなくて、何て言うのかな、そこでは現実生活と離れた自分ていうのをやってみたかったんだよ。女の子と友達になって、女同士の話っていうのもちょっと経験してみたかったしさ。それが意外と面白かったものだから、つい調子に乗って、男とメールのやりとりもするようになったってわけ」

事務の子たちが顔を見合わせた。

「だって別に会うわけじゃないし、ネットの中だけのことなんだから構わないだろうと思ってさ」

「元木さんはそこでどんな女の子になったの？」

「二十三歳、ＯＬ。恋愛小説とアニメが好きで、ひとり暮らしを始めたばかりの、ちょっと内気で淋《さび》しがりや」

「やだぁ、いかにもって感じ」

女の子たちが肩を揺らして笑う。

「遊びだよ遊び。どうせ顔だって、名前だって明かさなくてていいんだから」

「本当に、相手は君のことを女だと思ってるのか」

田崎は口を開いた。

「ええ、そうなんです」

頭をかきながら、元木が答える。

「しかし、いくら顔も声もわからないって言ったたって、メールのやりとりを続けていれば、気づかれないはずはないだろう」

「それが気づかれないんですよ。逆に、僕が男だから、男がどんな女の子を理想としているか知ってるでしょう。会話もツボを押さえてるっていうか、相手がこう答えて欲しいっていうのを、ちゃんと答えてあげられるわけです。相手の理想の女になってあげられるんですよ」

「なるほどな」

「ね、所長、こいつ悪趣味でしょう」

村上がフグの身を鍋からすくって、口の中に放り込んだ。

「実は、最近会いたいって言われて、困ってるんです。あっちは、結構、真剣になっちゃったみたいで」

「罪ぶかぁい」

女の子たちがふざけながらも、いくらか非難の口調を込めて言った。

「まさか僕だって、こんなことになるとは思ってもなかったんだから」

「で、どうするの？」

「まさか、会うわけにいかないし、正体をバラして逆上されるのも怖いし。最近は、そのメールに返事を出さないようにしてるんだけど」

「それで終わりか？」

尋ねたのは田崎だ。

「ええ、僕としては終わりです。まあ、しばらくは相手もメールを送り続けるでしょうけど、いつかは諦《あきら》めるでしょう。だいいち、調べようにもアドレス以外、住所も電話番号もわからないんですから。それ以上、相手もどうしようもないんです」

「簡単なんだな」

「相手が誰だかわからない。それがメールのいいところですよ」

仲居が入ってきた。最後のフグ雑炊だ。あれだけ鍋を食べたのに、彼らの食欲はまだ満たされていないらしい。すぐに今の話など忘れて、彼らの興味はすっかり鍋の方に向いていた。

食卓をはさんで、今日も田崎は志保のお喋《しゃべ》りを聞く。

近くでボヤが出たこと、利用しているスーパーがつぶれそうなこと、下の階の奥さんが妊娠したらしいこと、などに加えて、パソコンの話が必ず入るようになっていた。

「もうすっかり慣れたみたいだね」

言いながら、田崎は柔らかく煮上がった里芋を口に運んだ。

「まあまあかな」

「新しい友達なんかもできたんじゃないのか」

「新しいって？」

「共通の趣味とかを通じて、メールの交換をしたりするのがあるだろう」

「ああ、チャットとか掲示板とか、そういうのね」

「知ってるんだ」

「まあ、それくらいはね」

「志保はやらないのか」

「だって、相手は知らない人でしょう」

「知らないからいいんじゃないか。せっかくパソコンをやり始めたんなら、色々と楽しまなくちゃ」

「そうかもしれないけど」

「友達を作るのは悪くないよ」

「そうね」

志保が太刀魚の身をほぐす。箸《はし》を器用に動かす白い指先に、ふと欲望を感じる。

「でも」

志保が顔を上げた。目が合った。

「やっぱり、私はいいわ」

「そうか」

煽《あお》るようなことを自分で言っておきながら、否定の言葉が返って来たことに、田崎はひどく安堵《あんど》していた。このままでいい。たとえささいなことであっても何も変えたくない。変える必要も、変わる必要もない。志保が自分と同じ気持ちでいることに、満ち足りていた。


しばらく忙しい日々が続いた。

決算を抱えた会社が重なって、家で食事することもままならなかった。

五日ぶりに、志保のほっと息のつけるような手料理を前にして、田崎は上機嫌だった。好きな白いんげん豆がふっくらと炊《た》かれている。普段は飲まないが、めずらしくビールを開けた。

「色んな人からメールが来るんで、びっくりしちゃった」

言われても、すぐに何のことかわからなかった。

「知らなかったけど、そういうのを利用してる人って、結構多いのね」

「やり始めたのか」

口元へグラスを運ぶ手が止まった。

「そうなの。掲示板ってところにメッセージを出してみたの。ガーデニングに興味のある主婦の方、連絡くださいって。あなたが勧めてくれたから、ちょっとチャレンジしてみようかなって思って」

勧めたわけじゃない。ただ、言ってみただけだ。

「でも、やってみてよかった。知らない人とやり取りをするって、思ったよりずっと楽しいんだもの」

興味がないと言ったじゃないか。

志保が田崎の空になったグラスにビールを注ぎ足す。

「ねえ、その牡蠣《かき》とお豆腐の味噌《みそ》煮《に》はどう？」

「うん、うまいよ」

志保が表情を崩す。

「よかった。それね、知り合った主婦の人にメールで作り方を教えてもらったの」

田崎は落胆していた。どうにも不機嫌になろうとする自分を何とか持ちこたえようと、笑顔を作った。

「そうか、よかったな」

「それにね、苗の植え方のコツとか、苗木を安く売ってる店の情報とか、色んなことも情報交換できるし、こんなことならもっと早くやってればよかったわ」

志保が屈託なく笑っている。

「僕の言った通りだったろう」

「ほんと」

田崎は頷《うなず》き、やけに苦みの増したビールを喉《のど》へと流し込んだ。


どんな相手からメールが送られているのか、気にしだしたらきりがなかった。

志保が風呂《ふろ》に入ってる間に、田崎は居間の片隅に置いてあるパソコンを立ち上げた。パスワードはオープンにしてあり、たやすく送信と受信のメールを開くことができた。

志保の言った通り、そこにはヒマそうな主婦たちの他愛無い文章が並んでいた。志保の書いていることも、夕食時に話すのと同じようなことばかりだ。予想通りだったことにホッとしながらも、田崎は画面を見ながら考えていた。

もし、ここに男からメールが送られて来たら志保はどうするだろう。

画面の文字が田崎の顔に反射している。想像が頭の中を緩やかに旋回し始める。どんな顔で受け取り、どんな思いで読み、何を感じて、どう影響を与えられるだろう。

想像すると、胃の裏側がきゅっと収縮するようだった。それはどこかエロチックな感覚に似ていて、田崎を戸惑わせた。

シャワーの音が消えた。志保が風呂から上がってくる。田崎は慌ててパソコンを閉じた。

初めはほんの悪戯心のようなものだった。

田崎は、事務所にある個人のパソコンを開いて、志保にメールを書いた。

『初めまして。掲示板を見てメールしました。俺もあなたと同じようにガーデニングを始めたばかりです。周りの奴らはみんな、俺みたいながさつな男に花なんて似合わないと思っているようです。でも、どういうわけか好きなんです。今はまだ失敗ばかりですが、いつかそいつらに自慢できるような庭を作りたいと思っています。情報を交換できたら嬉《うれ》しいです。もしよかったら、返事をくれませんか』

そこまで書いて、名前をどうしようか考えた。どうせなら、少しキザなくらいがいい。自分とはまったく違う人物を連想させるような男だ。

『暮林英二《くればやしえいじ》』

打ち込んでから、苦笑した。キャビネットに並んだ会計学の本の著者の名字と名前をばらばらに繋《つな》ぎ合わせただけだったが、なかなかサマになっている。

少し迷ったが、結局、送信した。

「相手が誰だかわからない。それがメールのいいところですよ」

元木の言葉を思いだしていた。田崎が送り主だと、志保には決してわからない。その安心感が、田崎を大胆にしていた。


その夜、食卓に着くと、早速、志保から報告があった。

「今日ね、男の人からメールが来たのよ。びっくりしちゃった」

志保は困惑の表情を浮かべている。

「へえ、そうか」

田崎は鰺《あじ》の南蛮漬けを食べながら、いくらか昂《たか》ぶった思いで志保を眺めた。

「その人も私と同じで、ガーデニングを始めたばかりなんですって」

「それで、何て返事を書いたんだ？」

声のトーンが変わらないよう、注意して尋ねた。

「まさか、出さないわ。出すわけないじゃない」

「どうして」

「だって、知らない人なのよ」

「みんなそうだろ」

「でも、やっぱり女の人とは違うわ。知らない男の人とメールのやりとりするなんて、何だか怖いわ」

志保が眉根《まゆね》を寄せて小さく首を振る。その儚《はかな》げな表情に田崎は思わず見惚《みと》れていた。

「そうか、そうだな」

満足感に、自分の顔がほころぼうとするのをこらえながら、田崎は食事を続けた。


それでも田崎はメールを送った。

満足したと思ったのだが、やはりまだどこか物足りないのだった。と言うより、もう少し、志保を困らせてやりたい、あの困惑の表情を見てみたいという気持ちがあった。

志保の警戒心をつのらせることのないよう、いたって簡潔な、けれどもどこか印象に残る文章を心がけた。ガーデニングが共通の話題となる以上、それを書かないわけにはいかず、本も買って来て、いくらか研究した。

『ガーデニングはうまくいってますか？　俺はネリネが開花するのを楽しみにしていたのですが、残念なことに枯らしてしまいました。俺の手入れが足りなかったのでしょう。ネリネは彼岸花《ひがんばな》に似たとても愛らしい花です。知っていてくれたら嬉しいです。

暮林英二』

「困ったわ。また、来たの」

志保が訴えるように言う。

「いいじゃないか、別に」

田崎は磯《いそ》の香りに満ちた浅蜊《あさり》の味噌汁を吸いながら、さりげなさを装《よそお》って答える。

「何だか、気が重いわ」

「返事を出さなければ、いつか来なくなるさ」

「そうね、そうする。放っておくわ」

それでも、田崎はメールを送った。送った日は、食卓で志保が必ずメールの内容を報告した。

「変な人、これだけ無視してるのにまだ送ってくるなんて、いったい何なのかしら」

困惑する志保は美しい。眉根を寄せるその表情は、少しあの時に似ていて、田崎はやるせなくなる。

「返事を出してやればいいじゃないか」

「いやよ」

「どうして」

「あなたはいいの？　私が知らない男の人とそんなことしても」

「そんなことって、ただメールをやりとりするだけだろう。それくらい、構わないさ」

志保が黙る。

「どうした？」

「別に」

志保が不機嫌になる。拗《す》ねる表情もまた、何て愛《いと》しい。

「馬鹿《ばか》だな」

早く、抱きたい。

続けて五回メールを送ったが、結局、志保からの返事はなかった。やはり志保はそういう女なのだと、田崎はひどく満足した気持ちになっていた。もう馬鹿げた遊びはやめよう。そう思って、最後のメールを書いた。

『調子に乗って、つい何通もメールを送ってしまいましたが、考えてみれば、あなたにとっては迷惑この上ないことだったでしょう。そのことに気がつくのが遅すぎるぐらいですね。すみませんでした。周りにガーデニングを楽しむ友人もなく、どことなく寂しく思っていたところにあなたの掲示板を見つけて、話ができたらと思ったのです。素敵な花をたくさん咲かせてください。じゃあお元気で。さようなら。　暮林英二』

「どうした、あの男からのメールは」

「もう、送らないって言ってきたわ」

「そうか」

「これだけ返事を書かなければ、当たり前よね」

「来なければ来ないで、物足りないんじゃないのかな」

「いやだわ、ホッとしてるんだから」

それから二週間が過ぎた。

仕事に追われ、毎日を慌《あわ》ただしく過ごしているうちに、田崎はメールのことなどすっかり忘れていた。別件でサイトを開いて驚いた。志保からの返事があった。

『とても迷ったのですが、メールを送ることにしました。あなたには、とても失礼なことをしてしまったのではないかと、ずっと気になっていました。メールをくださいと、掲示板に載せたのは私なのに、せっかく頂いたメールにお返事も出さず、申し訳ありませんでした。これから冬にかけて、お花が淋《さび》しくなる季節ですね。うちはブルーサルビアが最盛期です。　田崎志保

追伸、ネリネは暮林さんが言っていた通り愛らしい花で、私もとても好きになりました』

田崎は文面を眺めながら、志保の真意を読み取ろうとした。これは、単に自分の非礼を謝るために送ったのか。それとも、これからメール交換を続けてゆくことを承知しているのか。いや、そんなはずはない。来なくてホッとしていると言っていたではないか。知らない男など怖いと眉をひそめていたではないか。

しかし、何よりも、志保が返事を書いたと言わなかったことに田崎は動揺していた。

いつも必ず食卓で報告することを、志保はしなかった。なぜだ。忘れたのか。まさか。

田崎は戸惑いながらも、返事を書いた。

『返事をありがとうございました。すっかり諦《あきら》めていたので、メールを見た時は嬉しくって舞い上がってしまいました。ブルーサルビアはいいですね。俺も好きです。冬に育てるには、どんな花があるでしょう。よかったら教えてくれませんか。　暮林英二』

夕食時に、田崎は何気なく話を切り出した。

「最近、どうだ？」

「どうって？」

「相変わらずパソコンで情報交換とかしてるのか」

「ええ、時々ね」

志保がよくダシの染《し》み込んだ高野豆腐に箸《はし》を伸ばす。

「例の男は？」

「別に」

「別にって？」

「もう来ないから」

しかし同時に、どこかいいようもない興奮をも覚えていた。

そのことに、田崎は驚き、狼狽《うろた》え、腹を立てていた。

志保が嘘《うそ》をついた。

「そうか」


三日目に返事が来た。本当は、喜ぶべきことではないとわかっているが、田崎はひどくはしゃいだ気分になった。

『トレニアやリンドウ、サフランなどがあります。トレニアは霜が降りる頃まで咲き続けます。花の色もたくさんあって、とても楽しめる花です』

『すぐ花図鑑で調べました。本当に楽しい花ですね。俺は、きらびやかな花が咲き乱れるのもいいですが、野草のような素朴な花を育てたいと思っています。もともと田舎育ちなので、そういう花を見ているとホッとするんです』

『びっくりしました。私もそうなんです。どちらかというと、野に咲いているような花が好きです。この間、オキシペタラムを植え付けました。ご存じですか？　この花。ルリ色の花が咲きます。きっと暮林さんも気に入るはずです。開花は初夏です。今から楽しみです』

『さっそく苗を買いに行きました。少し時期が遅いので、初夏の開花に間に合うか不安ですが、もしかしたら、あなたと同じ時に、同じ花を眺められると考えると、楽しみも倍増です』

『冬を越すには五度は必要です。湿気に弱く、葉裏にはねた土がつくと育ちが悪くなるので気をつけてくださいね』

志保が次第に心を許し始めていることが、文面から感じられた。最初は返事に三日、四日と間があったが、ここのところほぼ毎日になっている。そろそろもう一歩踏み込んでもいいかもしれない。つまり、ガーデニングだけではない話題を共有する関係になるということだ。そのためには、男の存在にもっと現実感を持たせなければならないだろう。

田崎は事務所の椅子《いす》にもたれ、頭に手を当てて天井を眺めた。

暮林英二はどんな男だろう。どんな男であれば、志保を納得させられるだろう。

田崎は目を閉じ、想像した。自分ではない男。自分とは対極にある男。自分がなりたかった男。かつて羨《うらや》んだ学生時代の友人たち、テレビや映画に映る俳優たち、雑誌や小説に出てくる男たち。見栄《みば》えがよく、会話がうまく、大人でありながら少年のような翳《かげ》を忍ばせている。

ぼんやりとした影がいくつも重なり、やがてゆっくりとひとりの男が浮かび上がってゆく。

『自己紹介らしきものをまだまったくしていないことに気がつきました。今さらですが、簡単に書いておきます。俺は二十八歳。身長180センチ、体重は75キロです。仕事は塾の講師。もともと子供が好きで、アルバイトで始めたことが、結局仕事になってしまいました。庭付きのアパートに一人暮らし。趣味は、もちろんもう知ってますよね、ガーデニングです。というより、俺の場合は庭いじり、もしくは泥遊びと言った方がいいかもしれません。大学時代はスキーをしていたのですが、大怪我《おおけが》をして、今も少し右足を引きずります。だから、歩き方がカッコ悪くて、あまり外に出るのが好きじゃありません。俺を植物でたとえると、そうだなぁ、花というより、ブナのような山奥の木という感じです。武骨で野暮な男です。志保さんはどうなんだろう？花にたとえると何なのだろう』

翌日には、いくらか上擦った感じの志保からの返事があった。

『ブナに似ているというあなたを想像して、何だか笑ってしまいました。ごめんなさい、悪い意味じゃなくて、思った通りの人だったから。足のこと、あまり気にしないで。そんなことを気にするなんて、大らかなブナのあなたには似合いません。私を植物にたとえると、アイビーやポトスといった感じです。花のあるタイプじゃなくて、地味でつまらない女です。だからこそ、ベランダを花でいっぱいにしたいなんて思うのかもしれません』

『どうしてそんなことを言うのか、俺には理解できないな。あなたのメールを読んでいると、すごく心が安らぎます。俺があなたを想像する時、浮かぶのはルレープという淡い色合いのユリです。俺の好きな花です。知っていますか』

その日、帰ると、志保がテーブルに花図鑑を広げていた。

「どうした？」

「ああ、おかえりなさい。ごめんなさい、気がつかなくて」

田崎は広げたページを覗《のぞ》き込んだ。

「きれいな花だね、何ていう名前？」

「ルレープよ」

志保は図鑑を閉じ、立ち上がった。

「すぐ、ごはんにするわね」

食卓では、相変わらず、毎日の生活についての報告がある。暮林以外のメールのこともよく話す。

しかし、うしろめたさを滲《にじ》ませた目の伏せ方や、言葉を選ぼうとする時のちょっとした戸惑いを、田崎は決して見逃しはしなかった。

「どうしたの？」

「何が？」

「私の顔ばかり見てる」

「最近、きれいになったなって思って」

「やだ」

志保が両手で頰を包む。

田崎はすでに志保を抱きたくてたまらなくなっている。そして志保もまた、同じ気持ちでいるのではないかと考える。実際、最近のベッドの中の志保は変わったように思う。どこがどうとうまく言えないが、今までのように抱かれているのでなく、抱かれようとしている。それは田崎にとってはひとつの収穫だった。

『俺は、早くに母親と死に別れ、継母《ままはは》に育てられました。継母はよくしてくれましたが、孤独は癒《いや》されなかった。小さい時から、ひとり遊びの癖がついて、植物や昆虫を友達にしてたんです。たぶん、それが今も尾を引いているんだと思う』
『驚きました。私も母親と死に別れ、継母に育てられたんです。私も同じ、小さい時はいつもひとりで遊んでいました。何だか、私たちすごく似ていますね』
『メールを読んで、どうしてあなたの掲示板に惹《ひ》かれたのか、何となくわかったような気がしました。たぶん、俺たちは、互いの欠けた部分を敏感に感じ取ったんだろう。これもきっと、何かの縁なのだろうな』
『ええ、本当に。もしかしたら、本当にそうなのかもしれない』

もう何通目のやりとりになるだろう。

田崎は毎朝、出社するといちばんにメールをチェックする。志保から届いていると、わくわくしながら開き、来ていない時はがっかりする。

時折、そんな自分に混乱した。志保が黙って男とメールのやりとりをしていることは、不愉快極まりないことであり、それに対する怒りも確かにある。しかし同時に、毎日を楽しみにしているのも本当だった。

田崎はいつものように志保へのメールを書き始めた。

『昨日、街であなたに似た人を見かけました。もちろん、あなたとは会ったことがないのだから、似てるかどうかもわからないけれど、何となくそんな感じがしたんだ。午後二時ごろ、渋谷に行きませんでしたか？』

志保が昨日、渋谷に買物に出たことは、いつもの食卓の話題として聞いていた。志保がこのメールを読んだら、どんな気がするだろう。想像すると、自然と笑みがこぼれた。

その時、ふと、誰かに見られているような気がして顔を上げた。

キャビネットの窓ガラスに、自分でありながら、自分ではない誰かが映っている。

暮林英二だ。

そう思った。

私は彼を見る。彼もまた私を見ている。

まるで共犯者と目配せしあっているような気がして、田崎は思わず苦笑した。

『行きました。信じられないわ。もしかしたら本当に私だったのかしら』

『今の俺なら、どんな人込みの中でも、あなたを見つけられそうな気がする』

自分と志保、いや暮林英二と志保は、次第に深まっていった。そうなってもおかしくない、いや、そうならない方がおかしいくらい、メールの中で互いを同化させていった。

『あなたは、少しもご主人のことを書かないんだね。どうしてだろう。どういう人か、教えてくれないか？』

『主人はとても優しい人です。私よりずっと年上で、大人です。私をとても大切にしてくれるの』

『あなたは今、幸せなんだね』

『ええ、とても。何の不満もないわ。主人には感謝してるの』

『感謝？　愛しているではなくて？』

『もちろん、愛しているわ』

『正直言って、今、俺はあなたのご主人に嫉妬《しっと》している。あなたを幸せにできる唯一《ゆいいつ》の男が俺じゃないなんて』

『やめて、そんなことは言わないで。もしそんなことを言うなら、私はもう返事を書かないわ』

『俺が悪かった。あなたを困らせるつもりはなかったんだ。けれど、正直に言おう。これ以上、メールを続けるのは苦しいんだ。あなたが望むなら、もうメールは送らない。いっさいの付き合いをやめようと思っている』

『そうじゃなくて、こうして友達としてお付き合いできるなら、私は今のままでいいと思っているの』

『俺はいやだ』

『そんな……私を困らせないで』

『いやだ』

『お願い』

その頃から、志保の様子が明らかに変わり始めた。

食卓についても、どこかウワの空で、いつものお喋《しゃべ》りが極端に少なくなっていた。苦しみに耐え、悩みに満ち、声をかけるとはっと我に返る、といった具合に落ち着きをなくしていた。そんな志保を見ているのは、実に腹立たしいことでありながら、この上なく興奮をかきたてられる姿でもあった。

隠そうとしながら隠しきれない志保の思いは、まるで志保の身体《からだ》から流れ出る体液のように、私を欲情させる。

田崎は食卓の向こうに座る志保を眺める。

愛《いと》しい志保を眺める。

しかし、やがて田崎はこの遊びを終わりにしなければならない時が来たのを知った。志保がベッドの中で田崎を微妙に避けるようになったからだ。志保自身は意識していないかもしれないが、それは明らかに、暮林英二に対して貞節を守ろうとする女の生理としか思えなかった。

「ごめんなさい」

唇をかわして、志保が拒否の意志を見せた時、田崎は初めて暮林英二を憎んだ。

彼を消そう。

志保の背を眺めながら、田崎は決心していた。簡単なことだ。返事を出さなければそれでいい。アドレス以外、暮林英二を探す手がかりは何もない。

しかし、このまま終えてしまっては何も残らない。どうせなら、最後に手痛いおしおきをしておくのも悪くない。それくらいのことをしなければ、何のために、こんなことを続けてきたのかわからないではないか。

『会いたい』

『駄目よ』

『会うだけでいいんだ』

『会っても仕方ないわ』

『今のままでは苦しすぎる』

『私は結婚してるのよ』

『わかっている。でも、会いたい』

『できないわ』

『どうして』

『許されないことだわ』

『世間なんかどうでもいい。君の気持ちを聞いているんだ』

志保からの返事が途絶えた。田崎は焦《じ》れながら志保の返事を待った。それは最後の賭《か》けであり、志保にとってはチャンスでもあった。今なら間に合う。今なら許す。しかし期待する自分もいる。

一週間後、メールはやって来た。

『私も会いたい』

そのメールを読んだ時の興奮を何て言えばいいだろう。

これから志保の身に起こるすべてのことに、志保は傷つく。それを想像しただけで、田崎は志保を心から愛しく思った。

田崎は待ち合わせの場所と時間を決めて送信した。

翌日には、志保から了承のメールが入った。

たぶん、志保は死ぬほどの決心をして、約束の場所に行くだろう。しかし、暮林英二は現われない。待ちくたびれて、失望し、家に戻ってメールを送っても、もう二度と返事はない。志保はその時、自分の愚かさを知る。そうして、その罪を胸に抱えて、もう二度と、私を裏切ることはない。

待ち合わせの場所に、志保が立っている。

田崎は少し離れた喫茶店の窓際《まどぎわ》の席に座り、その様子を眺めている。志保の浮き立った顔。戸惑いながらも、期待を抑えられない顔。けれども、それももう少しの間のことだ。

約束の時間が過ぎた。

現われるはずのない男を待って、志保が時計を見る。足元に視線を落とし、バッグを持ち直し、周りを見回す。志保の顔にかすかに不安が翳《かげ》る。

田崎は興奮していた。できることなら、このまま店を飛び出して、恐れ、おののき、傷つく志保を、この手で抱き締めたかった。

その時、ひとりの男が志保の前に立ったのが見えた。背の高い、がっちりした男だ。ここからは背中しか見えない。あまり志保が長く立っているので、変な男に目をつけられたのかもしれない。

田崎は半分腰を上げた。男の肩ごしに、志保の顔が見えた。驚いたことに、志保は笑顔を浮かべていた。

やがて男と志保は肩を並べて、歩き始めた。

その足が、いくらか引きずられているのに気がついた時、田崎は息を呑《の》んだ。

男の横顔が見えた。

そんなわけがない。

否定したが、まぎれもなくあの男なのだ。

田崎が作り上げた暮林英二。

「志保」

田崎は激しく混乱しながら席から立ち上がり、窓に顔を押しつけた。

「行くな、志保」

人目もはばからず、声を張り上げた。

しかし声は届かず、やがて、ふたりの姿はゆっくりと雑踏の中に消えて行った。

父が帰る日

すぐには返事ができなかった。

「いかがでしょう。こちらに一度、おいでいただくわけにはいきませんか」

と、尋ねられても、混乱した頭の中では言葉がすぐにまとまらない。

いったいどうやって、自分の存在を調べたのだろう。

「今、決めなければならないのでしょうか」

彰市《しょういち》はようやく答えた。短い沈黙の後、相手は言った。

「では、明後日のこの時間にまたお電話を差し上げるということで」

「わかりました」

電話を切ると、シャツのボタンつけをしていた妻の史恵《ふみえ》が顔を向けた。息子の友也《ともや》のスクールシャツだ。

「何だったの？　川崎の病院からなんて」

「コーヒーをくれないか」

彰市はソファに腰を下ろした。入れ違いに、史恵が立ち上がって台所に向かう。

最近、煙草《たばこ》をやめて、どうにも手持ち無沙汰《ぶさた》でならなかった。夕刊をもう一度開いてみたが、改めて読むようなところは残っていない。最近の夕刊は広告ばかりでいやになる。テレビではは体力を競うバラエティ番組が流れている。さっきまで結構楽しんでいたのだが、今はもう興味も湧《わ》かない。

コーヒーがテーブルに置かれた。アニメのキャラクターが描かれたマグカップだ。ソーサーもスプーンもないが、それを不満に思うことはない。ささいなことだが、そういったことを気にしなくなることが、家族というものの結びつきを作り上げて来たように思う。

史恵が再びボタンつけを始めた。続きを聞こうとしないので、結局、彰市の方が口にした。

「父親が入院してるそうだ」

史恵は顔を上げ、いくらか戸惑いの表情で尋ねた。

「父親って、あなたのおとうさんのこと？」

「ああ」

「元気でいらしたのね」

「元気ってことはないだろ」

「ああ、そうね、だから病院からなのね。それで何て?」

「一度、面会に来てくれとさ」

「どこが悪いの?」

「肝臓だそうだ」

「行ってくれればいいじゃない」

史恵はあっさりと言った。

「どうして俺が行かなくちゃいけないんだ」

彰市はいくらか抗議するように頬を堅くした。

「だって父親なんでしょう」

「もう三十年も会ってないんだぞ。俺とおふくろを捨てて、女とどこかに行っちまった父親なんだぞ。俺が大変な時には何ひとつ面倒をみてくれなかったのに、今さら息子の義務だけは果たせっていうのか」

史恵は針を持つ手元に視線を戻した。

「それで、引き取れなんて言われたらどうするんだ。おまえはそれでもいいのか」

「それはまだわからないけど、でも、まずは会ってからでしょう」

「会ってどうなる」

「そうかもしれないけど」

「何も変わらない。会うだけ無駄さ」

史恵は黙った。

「おまえには、わからないさ」

彰市はコーヒーカップを手にした。

「行かないよ」

それからゆっくりとした動作でソファの背に身体《からだ》を沈めた。

「絶対、行かないからな」

荷物は小さいボストンバッグひとつだけだった。

三十年前、あれほど大きく見えた父は、タクシーのシートの隣で、萎《しぼ》んだ鶏みたいに丸まっていた。

「小さいマンションだけど、和室もあるから」

父がわずかに首を振る。

話すことは何もなかった。互いに違う窓に顔を向け、春の靄《もや》った空気のせいで輪郭の曖昧《あいまい》になった風景を眺めた。

面会に行ったのは、翌々日に電話を掛けてきた病院職員の、丁寧な言葉の中にある咎《とが》めるような口調に押し切られたからだ。家に連れて帰ることになったのは、父の病状を告げた後、一週間ばかりの一時帰宅を勧める医者に自分たちの事情を一から説明するのが面倒だったからだ。

痰《たん》が絡《から》んでいるのか、父は時折、身体の奥底で妙な音をたてる。

六人部屋の病室には、似たような老人ばかりが横たわっていた。すぐには誰が父なのかわからなかった。たぶん、老人たちの方も同じだったのだろう。入ってきた男が、いったい誰の身内なのか。その探るような期待するような目に晒《さら》されて、彰市はひどく居心地が悪くなった。そのせいもあってか、枕元《まくらもと》の名前を確認すると拍子抜けするほど淡々とした口調で「具合はどう？」と尋ねていた。

父の皮膚は色も艶《つや》も失っていた。髪は減り、歯は欠け、身体は縮んで記憶の半分くらいになっていた。それでも面影は見てとれた。瘦《や》せたせいで特徴のある段鼻がいっそう目立ち、右眉《みぎまゆ》の際《きわ》にある黒子《ほくろ》はあの頃より大きくなったように思えた。

「まあまあだ」

父は短く答えた。父もまた、彰市の顔を認めても、大して驚きはしなかった。医者か婦長から来ることは知らされていたのだろう。しかしそれだけでなく、三十年前と変わらぬ息子に対する無関心の現われのようにも思えた。


自宅に戻ると、史恵の華やいだ表情に迎えられた。

「いらっしゃい、お待ちしてたんですよ」

居間に案内され、ソファに腰を下ろすと、父は物珍しげに家の中を見回した。

「お茶はどうしましょう。コーヒーでも紅茶でも日本茶でもご用意できますけど」

「それじゃ煎茶《せんちゃ》をいただこうかな」

子供部屋から友也が姿を現した。

「息子の友也だよ」

友也は初めて見る老人に、いくらか戸惑ったようにぺこりと頭を下げた。

「いくつだ?」

「十一歳です」

「でかいんだな。何かやってるのか」

「サッカー」

有り難いことに、友也は真っすぐに育ってくれていた。物怖《ものお》じせず、性格も明るい。突然現われた祖父のことも、珍しがってはいるが、いやがっている様子はない。

夕食はすき焼きが用意された。四角い食卓のいつもは空いている席に、父が座っている現実にどうにも馴染《なじ》めず、彰市は黙々と飯や肉を口の中に押し込んだ。

あの頃、父はめったに家に帰って来なかった。

たまに帰っても、茶の間の真ん中で酒を飲んでいた。酔った父が嫌いだった。特に目だ。何を言っても通じない、言葉をつくしても届かない、そんな絶望感に満たされるような目だった。夏になると窓にぺたりとはりつくヤモリの目に似ていた。

「味付けは大丈夫ですか？」

史恵が尋ねる。会話のほとんどは史恵が引き受けてくれていた。

「うまいよ」

父はそう言いながらも、あまり食が進んではいなかった。酒を飲みたがっていることは、何となくわかっていた。

長年の飲酒と不摂生で、父の肝臓は石のように固まっているという。それでもなお酒を欲しがっていて、病院でも時々病室を抜け出して、自動販売機のカップ酒を買いに行くことがあると聞かされていた。医者に注意するようきつく言われたせいもあるが、酒を出すというもてなし方をする気にはどうしてもなれなかった。

父の残した借金で疲れ果て、母は四十そこそこで死んだ。父はすでに七十歳を越えている。その年まで父が生きていられたことを喜ぶのは、母を裏切るような気がした。


翌朝、出社する彰市を見送りに、史恵が玄関まで出て来た。

「大丈夫か」

革靴に足を滑り込ませながら尋ねると、こだわりない声が返って来た。

「もちろんよ、心配？」

「そうじゃないけど。まあ頼む」

父がどんなにひどい父であるかということは、父を迎える前の晩、史恵に話してある。しかし、話したのは実際に父と会った時、史恵に「そうでもない」という印象を持たせるためだったような気もする。ひどい父であるからこそ、史恵に「本当にそう」と思われたくなかった。この期《ご》に及んでも見栄《みえ》みたいなものがあるらしい。

友也が廊下を走って来た。スクールバッグを右肩に引っ掛けて、ふたりの間を割ってゆく。

「行ってきまぁす」

「体操着持った？　車、気をつけるのよ」

史恵が大声で言う。もう友也の姿は見えない。聞こえているのかいないのか。毎朝の行事のようなものだ。

「じゃ、行って来るよ」

短く告げて、彰市もまた家を後にした。

通勤には小一時間かかる。混んだ電車には慣れっこだったが、いつも読み耽《ふけ》る朝刊の文字が今朝はうまく頭に入って来なかった。乗客の背広の肩ごしに見える窓の向こうに目をやると、線路沿いに植えられた桜の樹《き》の枝先が赤く膨らみ始めていた。

三十年前、父が出て行ったのも、ちょうど今頃の季節だった。

かつて父は手広く商売をしていたという。羽振りはよかったが、それにも増して遊びに精を出していたと聞く。昭和三十年代はじめの話だ。彰市が生まれた頃から、雲行きが怪しくなり始めた。それでも父は、遊びだけは豪勢に続けていた。

もともと商売に向いている質《たち》ではなかった。たまたま手を出した商売が当たり、自分を錯覚してしまった。瞬《また》く間《ま》に、家は貧するようになった。父は借金の取り立てから逃げるため、囲っていた女の家に入り浸った。たまに帰っても、茶の間で酒を飲み、濁った目をして、母と彰市に、理不尽な怒りをぶつけた。そうして翌日には、家にある金を根こそぎ持ち出していなくなった。

彰市が小学校を卒業した年、父は女と出奔した。残された借金はすべて母の肩にかかった。母は家と家財を売り、親戚《しんせき》に頭を下げて金の工面をし、やみくもに働いた。どうにか返し終えた頃、気が抜けたようにあっさりと死んだ。

「彰市は商売なんかに手を出さず、ちゃんとしたサラリーマンになってね、約束してね」

まだ四十を少し過ぎたばかりだというのに、母の死に顔は老婆《ろうば》のように疲れ果てていた。

母の遺言を彰市は守った。母方の祖父母の元で二年暮らし、必死に勉強して東京の一流と呼ばれる大学に合格した。大学は奨学金とアルバイトで卒業し、これまた一流企業と呼ばれる会社に入った。同僚だった史恵と結婚し、郊外にマンションを手に入れ、友也という息子にも恵まれた。出世も順調で、同期の中では一番乗りで課長になった。

母との約束を守ったと、自負している。遺言通り、今、母の望むちゃんとしたサラリーマンをやっている。

しかしどこかで、その約束が足枷《あしかせ》になっていたところも否《いな》めなかった。もしかしたら違った人生があったのではないか。サラリーマンという生き方が本当に自分に合っていたのか。最近、そんなことを時折考える自分がいる。

景気の低迷が、世の中を大きく変えていた。期待されたプロジェクトの多くは中止となり、将来を嘱望されたメンバーはいつのまにか社の厄介者にされていた。うまく主流に残る者、呆気《あっけ》なく飛ばされる者。次に自分の番が回ってくることは、彰市も覚悟がついていた。愛社精神など今さら何の価値もない。飛ばされる先はどこか。子会社か、下請けか、それとも退職勧告か。

サラリーマンにさえなっていれば安心して暮らしてゆける。そう信じていた母の思いはもう叶《かな》わない。世の中は変わってしまった。


父が家に来てから三日がたった。

別段トラブルもなく、この分なら残りの四日間もうまくやり過ごせるような気になっていた。不思議なもので、空だった食卓の一角が埋まることに、さほどの違和感もなくなっていた。

思った通り、友也は父に対して面倒な感情を持つことはなかった。会話はさほどないようだが、会社から帰って来ると、たいがい並んでテレビを観《み》ていた。

その友也は明日から二泊三日の予定で、修学旅行に出る。よほど楽しみなのか、玄関先にはすでにリュックが用意してあった。

風呂《ふろ》から上がって、ドアを少し開けると、玄関先でしゃがみこんでいる父の姿が目に入った。最初は何をしているのかわからなかった。しかし、父の手の動きを見た瞬間、彰市の頭に血が上った。

父は友也のリュックを探っていた。目的は何なのか、その想像ならすぐついた。

「何をしているんだ」

父が振り向き、慌《あわ》てて手を引っ込めた。

「何をしているって聞いているんだ」

自分の声が強《こわ》ばっている。ほとんど怒鳴り声に近かった。

「いや、別に、何も」

ぼそぼそと答えながら、父が立ち上がった。父は彰市とは目をあわさず、フローリングの床に視線を這《は》わせている。身体はすっかり萎んでしまったが、そこにいるのは間違いなく、三十年前、母と彰市を捨てた父だった。

「あんたって人は」

長い間、胸の隅に押しやられていたものが、思いがけない烈《はげ》しさで蘇《よみがえ》って来た。

「自分が何をやってるのか、わかってるのか。そんなことをして、恥ずかしいとは思わないのか」

自分の声が震えていた。声だけではない、身体のすべてが震えていた。

彰市の声の大きさに、史恵と友也が居間から飛び出して来た。

「あなた、どうかしたの、何があったの」

史恵が背後からおろおろと声を出した。

「あんたは、同じことを友也にもする気なのか。あの時、僕がどんな情けない思いをしたかわかっているのか。あの修学旅行だ。僕は電車に乗ってから、自分の財布がからっぽだってことに気がついたんだぞ。あの金は旅行のために毎日牛乳配達をして貯《た》めたんだ。それをあんたは自分の酒代のために盗んだ。息子の修学旅行の小遣いまで、平気で盗むような男なんだ、あんたはそういう男なんだ」

自分の声が、あの時、電車のトイレの中で同級生たちに知られないよう口を押えて嗚咽《おえつ》した子供の頃の声と重なってゆく。

「何とか言ったらどうなんだ、自分のやったことを少しは恥じたらどうなんだ」

父は黙ってうなだれている。何も答えない。答えないことに、いっそう怒りと興奮がたかまってゆく。

彰市は拳《こぶし》を握り締めた。

「どうして、あんたなんかを短い間でも家に連れて帰ったんだろう。年を取って、かわいそうなどと思ったのが間違いだった。あんたは変わらない。何も変わらない。いったい、あんたは何なんだ。親として、どういう心を持っているんだ」

「あなた、やめて」

史恵の声が彰市を制した。友也はただ立ち尽くしている。ふたりとも、これほど烈しく人を罵《ののし》る彰市など見たこともないだろう。彰市にしてもこんな姿を晒《さら》したくはなかった。しかし、それは今まで、目の前にいるこの父以上に、彰市を絶望させる存在がなかったということだ。

「もう、顔も見たくない」

彰市は父に背を向けた。

「すぐここから出て行ってくれ。史恵、タクシーを呼べ。荷物をまとめて出ていってもらえ」

「でも、あなた、今日はもう遅いから」

「構わん。病院には体調が悪くなったとでも何でも言って連絡をしろ。とにかくこの男を今すぐ僕の目の前から消してくれ」

吐き捨てるように言うと、彰市は自分の部屋に入り、ベッドの中に潜り込んだ。もし史恵が父を帰せないのなら、自分が家を出てもいいと思った。もう二度と父の顔を見たくなかった。

ドアの向こうで、史恵のぼそぼそした声や、居間と和室を行き来するスリッパの音が続いた。

一時間ほどして、ドアがノックされた。

「お父さん、帰られましたから」

布団《ふとん》をかぶったまま、彰市はそれを聞いた。

「あなた」

寝室に史恵が入って来る。子供じみていると思いながら、彰市は布団の中で丸まったままでいる。

「これでよかったの？」

「俺を非難したければしてもいいぞ」

「そうじゃないけど」

「だったら、黙って言う通りにしろ」

小さく息を吐くのが、頭上で感じられた。

「ちょうど角の個人タクシーがあいていたの。よかったわ、あそこの運転手さん、親切だから」

　史恵は寝室を出て行った。


　翌朝。

　気まずさに、朝刊をまるで壁のように目の前に広げて朝食をとっていると、友也がリュックを担《かつ》いで入って来た。

「お父さん、あのさ」

「どうした」

　彰市は新聞を半分だけずらした。

「リュックの中の財布のことだけど」

「やっぱりなくなってたか」

　彰市は眉《まゆ》を顰《ひそ》めて、新聞をばさばさと畳んだ。

「そうじゃないんだ。増えてるんだ」

　一瞬、友也の言っている意味がわからず、聞き返した。

「増えてる？」

「うん、ほらこれ」

友也が差し出した手には、くしゃくしゃの千円札が一枚乗っている。

「これが入ってた」

しばらく言葉が出なかった。

「おじいちゃん、盗《と》ろうとしたんじゃないよ。僕にお小遣いをくれようとしたんだよ」

彰市はそのくしゃくしゃになった千円札を眺めた。

史恵が台所から出て来た。

「ねえ、それはもしかしたら、おとうさんなりのお詫《わ》びの気持ちだったんじゃないかしら」

史恵が千円札を覗《のぞ》き込み、彰市に淡い笑顔を向けた。

「まさか」

答える声が喉《のど》に張りついた。

そんなはずがない。そんなことがあるはずがないじゃないか。

「今から迎えに行かない？」

史恵の手が彰市の肩に触れる。

「もう一度、ここに帰って来ていただきましょうよ。友也もそれでいいでしょう」

「いいよ。僕、旅行から帰ったらサッカーゲーム教えてあげるって約束したんだ」

彰市は唇を噛《か》み締めた。苦いものが喉の奥を下りてゆく。

彰市は小さく、おとうさん、と呟《つぶや》いてみた。

それはまだうまく言葉にはならなかったが、さほど悪い響きにも聞こえなかった。

あとがき

女はいつも寂しがって生きている。

男はいつも悔しがって生きている。

それを聞いた時、決して交わることのない、男と女の在り方を感じたように思います。

男の視点で女を描く。

ずっとやってみたかったことのひとつです。

ゆっくりと、時間をかけて、一篇ずつ書き溜《た》めてきました。

私にとって、みな、愛《いと》しい男たちであり、同様に、たとえどんな残酷な仕打ちをする女であっても、やはり愛しい存在です。

男と女。

愛したことが間違いなんじゃない。ただ少し、愛し方を間違えただけ。

何があっても、性懲《しょうこ》りもなく、惹《ひ》かれあってしまう男と女がいる限り、恋愛小説は書き続けられるのでしょう。

最後になりましたが、お忙しい中、解説を引き受けて下さった北上次郎さんにお礼を言わせて下さい。ありがとうございました。

そして、この本を手に取ってくださったすべての方に心から感謝します。

唯川　恵

解説

北上次郎

作家が大化けする直前は、スリリングである。秘められていた資質が徐々に開花していく圧倒的なダイナミズムと快感が、行間から伝わってくるからだ。作家本人も、あるいは担当編集者も、その間は充実しているものと思われるが、読者としてもたまらない。次々に出てくる新刊を追いながら、その作家が確実に大きくなっていく過程に立ち合っているような気がしてくるのだ。

唯川恵の場合、変貌《へんぼう》し始めたのが『めまい』（一九九七年三月）からだったというのは今や定説になっている。実は私、それまでこの作家のいい読者ではなかった。ところが本読みの友人から、「ちょっと面白いよ」と言われて、俄然《がぜん》気になってきた。作家がブレイクしてしまうと途端に興味が失《う》せてしまうのは問題だが、それはともかく、ブレイクする直前のスリリングな瞬間だけは逃したくない。読み始めるなら今だな、と思った。『刹那《せつな》に似てせつなく』の光文社文庫版の解説で、『めまい』『刹那に似てせつなく』『病む月』という九七年から九八年にかけて書かれた「三冊がその後の唯川恵を支えたと私は確信している」と藤田香織が書いているが、私の知人が騒ぎだしたのもその頃だから、狭い範囲の証言とはいえ、唯川恵の変貌のきっかけが『めまい』だったというのはもはや定説といっていい。私が付け加えるなら、一点だけだ。唯川恵を変貌させたのはその三作だけでなく、一九九九年一二月に刊行された『愛なんか』を足して四作にしたいと思うのである。ではどうして、この四作が唯川恵を変えてしまったのか。

この四作に見られるのは、さまざまな実験である。たとえば『めまい』はホラー小説集だ。収録されている十篇すべてが傑作とは言いがたいものの、ここには新しい可能性を模索する作家の動きがある。それが行間から静かに立ち上がってくる。だから、藤田香織も、私の知人も、つまり小説を愛する読者が興奮したのである。『刹那に似てせつなく』はサスペンス小説といえばいいか。こうして次々に新しいジャンルに挑戦することで、この作家は描写力と造形力、そして物語のダイナミズムを徐々に獲得していくのだ。たとえば『愛なんか』に収録されている「悪女のごとく」の鮮やかなラストを見られたい。このシーンは、はっとするほど新鮮だ。その切れ味は、残酷なまでに美しい。ここまでくれば、ブレイクするのは時間の問題というものだろう。

その四作を助走期間とするならば、真のターニングポイントは、二〇〇〇年一月に刊行された『ベター・ハーフ』だ。これは結婚披露宴の控室に、新郎の昔の恋人が乱入してくるところから始まる長編で、次に新婚旅行先から新婦が昔の不倫相手に電話するとそれが新郎にばれ、つまり、どっちもどっちの男女なのだが、それでも結婚生活を続けていくのがこの長編の面白さといっていい。男女ともに共感できない厭味《いやみ》な人物というのも、夫婦小説の主人公としては新鮮で、ここから実に見事な物語が展開していく。そのときに書いた私の新刊評から引く。

「うまいなあと思うのは、次々にいろいろなことが起きて、そうすると厭味たっぷりの彼らも否応《いやおう》なく少しずつ変わらざるを得ない。その微妙な変化を作者は巧みな造形とともに描きだしていくことだ。最初のうちは類型的に見えた登場人物が徐々に肉付けされていく過程は圧巻。そうすると、この男女は我々のカリカチュアではないかという気がしてくる。この長編は、互いを思いやらず、小さな秘密を持ち、知らん顔して配偶者と共同生活を営んでいる我々を映す鏡なのではないか。そんな気がしてきて落ち着かなくなる。そう思わせるのが作者の芸、筆力というものだ。唯川恵は一九八四年にコバルト・ノベル大賞を受賞してデビューした作家だが、その後、大人向けの小説に転身し、この数年、めきめきと実力を発揮しつつある。大化けするのは時間の問題だが、本書はその記念すべきターニング・ポイントとなる作品だと思う」

この傑作『ベター・ハーフ』が書かれたのも、その前の四作があるからだということはもう一度確認しておきたい。こういう苦闘が実らないわけがないのだ。その意味で、『めまい』『刹那に似てせつなく』『病む月』『愛なんか』という四作は、唯川恵にとって大きくジャンプするために必要な準備期間だったと言えるだろう。『ベター・ハーフ』はその準備が無駄ではなかったことを見事に証明したのである。

そういうふうに徐々に変貌しつつあった唯川恵が二〇〇一年六月に刊行したのが本書だが、この作品集に収録の作品は、一九九五年から二〇〇一年までの間に掲載誌を変えて書かれたものなので、前記した四作の収穫を基盤にした作品集と断言しては強引すぎるかもしれない。しかし、「言い分」「終《つい》の季節」「分身」の三篇を他の作品集からこちらに持ってきたところに作者の明確な意図を感じることが出来る。本書はなんと、語り手がすべて男なのだ。唯川恵にとってはきわめて珍しい趣向といっていい。つまり、「言い分」「終の季節」「分身」の三篇をこちらに収めることで作品集の統一性を高めたということである。そこに、この時点における唯川恵の自信を読み取ることも出来る。もともと、唯川恵の作品は、女性を主人公にしてはいても性差を感じることが少ないので、男性読者にもたっぷりと味わえるのだが、それでも男を主人公にしてくれると、もう他人事《ひとごと》ではなくなってくる。

初読のときは、ファンタジックな「濡《ぬ》れ羽色《ばいろ》」に惹《ひ》かれたけれど、今回再読してみると、「終の季節」が忘れがたい印象を残す。これは、左遷《させん》された四七歳の杉浦という男が主人公の短編である。資料室の室長といっても、何もすることがない。それまではゴルフだ出張だと毎週のように家をあけていたのに途端に週末が暇になり、家でごろごろするようになると、娘は「まるでソファやタンスを見るような無機質な目」を向けるだけだ。働いている妻も土曜は出勤なので外に出かけていき、そうなると孤立しているようで、杉浦は面白くない。そのことを妻に訴えると、「いちばん父親が必要な時にあなたはいなかったのだもの、あなたが必要としている時に家族がいなくても仕方ないでしょう」と言われてしまう。このくだりで思わず、どきっとする中年男性諸君も多いのではないか。おっしゃることは正論だけど、でもなあ、とぼやきたくなる。

一年ぶりに妻に手を伸ばしても「さわらないで」と拒否されるし、行き場のない寂《せき》寥《りょう》感に彼は包まれる。しかし、共感するところ大ではあるけれど、ここまではよくある話といっていい。会社から自宅待機を命じられると同時に妻から離婚を言いだされる次の展開も、ことさら珍しいわけではない。本人には深刻な問題であっても、これもそこいらによくある話だ。つまり、小説の題材としては新鮮というわけではない。もちろんこれは最初の設定にすぎず、問題はここからどういう話に持っていくか、ということだが、その展開がしびれる。ネタばらしになるのでその絶妙な展開はここに紹介しない。ラスト一行だけを引く。

「杉浦はゆっくりと目を閉じた。今度、救われるのは自分かもしれない」

見事な着地といっていい。それまで見慣れていた話が、ラストのこの着地で突然新鮮な風景に変わっていく。モノクロ画面が突然カラー画面に変わるような切り替えの見事さだ。あるいは、見慣れていた風景を違う角度から見ると、別の風景がひろがっていることに気づいたときの驚きだ。どんな状況に置かれても人と繋《つな》がっていたい、という切実な思いが、この瞬間に噴出するのである。

この数カ月後に刊行された『肩ごしの恋人』という傑作で、唯川恵は直木賞を受賞するのだが、そのピークに到達する直前の唯川恵がここにいる。本書が、『めまい』『刹那に似てせつなく』『病む月』『愛なんか』という助走期間を経て、『ベター・ハーフ』というターニング・ポイントを経て、『肩ごしの恋人』が出る直前に編んだ作品集であることを考えると感慨深いのは、小説に誠実な作家が変わっていくことの具体例がここにあるからである。

男の視点で描くという唯川恵にとっては異色作ではあるけれど、そのぶんだけ私には他人事ではない物語がつまっている。中年男性諸君にぜひ読まれてほしいと思う。

（平成十六年四月、評論家）

この作品は平成十三年六月新潮社より刊行された。

唯川恵著

人生は一度だけ。

恋って何？　愛するってどういうこと？　友情とは？　人生って何なの？　答えを探しながら、私らしい形の幸せを見つけるための本。

唯川恵著

100万回の言い訳

恋愛すると結婚したくなり、結婚すると恋愛したくなる——。離れて、恋をして、再び問う夫婦の意味。愛に悩むあなたのための小説。

山田詠美著

アニマル・ロジック

泉鏡花賞受賞

黒い肌の美しき野獣、ヤスミン。人間動物園、マンハッタンに棲息中。信じるものは、五感のせつなさ……。物語の奔流、一千枚の愉悦。

山田詠美著

蝶々の纏足・風葬の教室

平林たい子賞受賞

私の心を支配する美しき親友への反逆。教室の中で生贄となっていく転校生の復讐。少女が女に変身してゆく多感な思春期を描く3編。

山田詠美著

ベッドタイムアイズ・指の戯れ・ジェシーの背骨

文藝賞受賞

視線が交り、愛が始まった。クラブ歌手キムと黒人兵スプーン。狂おしい愛のかたちを描くデビュー作など、著者初期の輝かしい三編。

山田詠美著

ぼくは勉強ができない

勉強よりも、もっと素敵で大切なことがあると思うんだ。退屈な大人になんてなりたくない。17歳の秀美くんが元気潑剌な高校生小説。

江國香織著

すみれの花の砂糖づけ

大人になって得た自由とよろこび。けれど少女の頃と変わらぬ孤独とかなしみ。言葉によって勇ましく軽やかな、著者の初の詩集。

江國香織著

神様のボート

消えたパパを待って、あたしとママはずっと旅がらす…。恋愛の静かな狂気に囚われた母と、その傍らで成長していく娘の遥かな物語。

江國香織著

ぼくの小鳥ちゃん

路傍の石文学賞受賞

雪の朝、ぼくの部屋に小鳥ちゃんが舞いこんだ。ぼくの彼女をちょっと意識している小鳥ちゃん。少し切なくて幸福な、冬の日々の物語。

江國香織著

絵本を抱えて 部屋のすみへ

センダック、バンサン、ポター……。絵本という表現手段への愛情と信頼にみちた、美しい必然の言葉で紡がれた35編のエッセイ。

江國香織著

すいかの匂い

バニラアイスの木べらの味、おはじきの音、すいかの匂い。無防備に心に織りこまれてしまった事ども。11人の少女の、夏の記憶の物語。

江國香織著

流しのしたの骨

夜の散歩が習慣の19歳の私と、タイプの違う二人の姉、小さな弟、家族想いの両親。少し奇妙な家族の半年を描く、静かで心地よい物語。

小池真理子著　浪漫的恋愛

月下の恋は狂気にも似ている……。禁断の恋の果てに自殺した母の生涯をなぞるように、激情に身を任す女性を描く、濃密な恋物語。

小池真理子著　恋　直木賞受賞

誰もが落ちる恋には違いない。でもあれは、ほんとうの恋だった——。痛いほどの恋情を綴り小池文学の頂点を極めた直木賞受賞作。

小池真理子著　蜜月

天衣無縫の天才画家・辻堂環が死んだ——。無邪気に、そして奔放に、彼に身も心も委ねた六人の女の、六つの愛と性のかたちとは？

小池真理子著　欲望

愛した美しい青年は性的不能者だった。決してかなえられない肉欲、そして究極のエクスタシー。あまりにも切なく、凄絶な恋の物語。

小池真理子著　水無月の墓

もう逢えないはずだったあの人なのに……。生と死、過去と現在、夢と現実があやなす、妖しくも美しき世界。異色の幻想小説8編。

小池真理子著　柩の中の猫

芸術家と娘と家庭教師、それなりに平穏だった三人の生活はあの女の出現で崩れさった。悲劇的なツイストが光る心理サスペンス。

乃南アサ著
ヴァンサンカンまでに

社内不倫と社内恋愛の同時進行――ＯＬの翠は欲張った幸せを摑んだが、満たされない。本当の愛に気付くまでの、ちょっと切ない物語。

乃南アサ著
結婚詐欺師（上・下）

偶然かかわった結婚詐欺の捜査で、刑事の阿久津は昔の恋人が被害者だったことを知る。大胆な手口と揺れる女心を描くサスペンス！

乃南アサ著
鎖（上・下）

占い師夫婦殺害の裏に潜む現金奪取の巧妙な罠。その捜査中に音道貴子刑事が突然、犯人らに拉致された！　傑作『凍える牙』の続編。

乃南アサ著
パラダイス・サーティー（上・下）

平凡なＯＬ栗子とレズビアンの菜摘。それぞれに理想の〝恋人〟が現われたが、その恋はとんでもない結末に…。痛快ラブ・サスペンス。

乃南アサ著
好きだけど嫌い

悪戯電話、看板の読み違え、美容院のトラブル、同窓会での再会、顔のシワについて……日常の喜怒哀楽を率直につづる。ファン必読！

乃南アサ著
涙（上・下）

東京五輪直前、結婚間近の刑事が殺人事件に巻込まれ失踪した。行方を追う婚約者が知った慟哭の真実。一途な愛を描くミステリー！

佐藤多佳子著
しゃべれども しゃべれども

頑固でめっぽう気が短い。おまけに女の気持ちにゃとんと疎い。この俺に話し方を教えろって？「読後いい人になってる」率100％小説。

佐藤多佳子著
サマータイム

友情、って呼ぶにはためらいがある。だから、眩しくて大切な、あの夏。広一くんとぼくと佳奈。セカイを知り始める一瞬を映した四篇。

佐藤多佳子著
神様がくれた指

都会の片隅で出会ったのは、怪我をしたスリとオケラの占い師。「偶然」という魔法に導かれた都会のアドベンチャーゲームが始まる。

佐藤多佳子著
黄色い目の魚

奇跡のように、運命のように、俺たちは出会った。もどかしくて切ない十六歳という季節を生きてゆく悟とみのり。海辺の高校の物語。

湯本香樹実著
夏の庭
—The Friends—
米ミルドレッド・バチェルダー賞受賞

死への興味から、生ける屍のような老人を「観察」し始めた少年たち。いつしか双方の間に、深く不思議な交流が生まれるのだが……。

湯本香樹実著
ポプラの秋

不気味な大家のおばあさんは、ある日私に奇妙な話を持ちかけた——。『夏の庭』で世界中の注目を浴びた著者が贈る文庫書下ろし。

ため息《いき》の時間《じかん》

新潮文庫　ゆ－7－7

平成十六年七月一日発行
平成二十一年二月二十日九刷

著者　唯《ゆい》川《かわ》恵《けい》

発行者　佐藤隆信
発行所　株式会社新潮社
郵便番号　一六二—八七一一
東京都新宿区矢来町七一
電話　編集部(〇三)三二六六—五四四〇
　　　読者係(〇三)三二六六—五一一一
http://www.shinchosha.co.jp

価格はカバーに表示してあります。

乱丁・落丁本は、ご面倒ですが小社読者係宛ご送付ください。送料小社負担にてお取替えいたします。

印刷・大日本印刷株式会社　製本・憲専堂製本株式会社

ISBN978-4-10-133427-1 C0193